给孩子读短信

古人的尺牍

锺叔河 著

中国出版集团　现代出版社

序

本书选读古人短信六十六篇，千二百年前颜真卿写的是：

　　天气这样差，难道你一定得走？马上就要过寒食节了，留下来再住几天，我看也好吧。（《寒食帖》原文见第11页）

平平淡淡两句话，想留朋友住下来的意思，却看得出是真真切切的。还有千六百年前王羲之这一篇：

　　送上橘子三百枚，因为还没有打霜，暂时只能摘这么些，无法更多了。（《奉橘帖》原文见第63页）

橘子本要打霜后才普遍成熟，好吃，未成熟便不能送人。款款道来，所送的便不只是橘子，还有一份深深的情意了。

　　这两篇短信，均按我的读法写出；古文其实更短，也更精彩。古今文体不同，人情却无差异，都需要交流，都得写书信。司马迁《报任安书》一写三千言，没人说它长。日常通信则三言两语，通情达意便行。但要像《寒食帖》和《奉橘帖》这样，千百年后还有人欣赏，使人感动，确实难得。

　　古时信写在尺许长的木片和绸片上，故称"尺牍""尺素"。这尺牍和尺素上无法写很多字，正如今时手机短信。但写得短并不等于写得好。写得好需要作文的技巧，更需要作人的修养和风致，像颜真卿、王羲之，像这六十六篇的作者。我们效法虽难，但只要不怕费劲，舍得用心，仍可能得其仿佛吧。故曰：

学写短信，也得费劲；六十六篇，是为明证。

锺叔河

庚子处暑于长沙念楼，时年八十又九

扫描二维码，在线听古文范读。

目录 ——

3

4

邀约的短信

不知会晴不

采菊帖

王羲之

不审复何以永日？多少看未？九日当采菊不？至日欲共行也，但不知当晴不耳。

◎本文录自《王右军集》卷二。◎王羲之，字逸少，东晋琅邪临沂（今属山东）人，后定居会稽山阴（今浙江绍兴），曾为右军将军。

不知近况如何？怎样打发这漫长的日子？初九日去不去采菊花呢？到时很想和你同去，只不知道天会晴不会晴。

《全晋文》从卷二十二后半起，一直到卷二十六的一大半，收的全是王羲之的"杂帖"，也就是短信。写信当然不会另外再取题目，《采菊帖》这个题目，跟《狼毒帖》《鹰嘴帖》一样，都是后人取的。

　　蔡元培挽鲁迅，称赞他的"托尼学说，魏晋文章"。将鲁迅比托尔斯泰也许不伦，但魏晋文章的简淡萧远的确比后世有的"古文"好得多。

　　字写得好的人，文章亦赖此得传。王羲之的书法，在当时便人见人爱，寸楮尺素，都被珍重收藏。在《全晋文》中，他共占了五卷，五卷中"杂帖"又占了四卷多。后世苏东坡、黄山谷、郑板桥等人的零笺片语，也都能收入全集，流传后世，就是这个缘故。

　　王羲之的信也确实写得好。周作人称其"文章与风趣多能兼具"，又"能显出主人的性格"，所以得与书法同样见重。像这本只是一封普通的约会信，而娓娓道来，自然亲切，尤其最后一句"但不知当晴不耳"，活生生写出了想去采菊的心思，抑又何其有情致耶！持与今人约会的短信相较，真不禁有今不如古之叹！

人生如寄

与支遁书

谢安

　　思君日积，计辰倾迟，知欲还剡自治，甚以怅然。人生如寄耳，顷风流得意之事，殆为都尽。终日戚戚，触事惆怅。唯迟君来，以晤言消之。一日当千载耳！此多山县，闲静，差可养疾。事不异剡，而医药不同，必思此缘，副其积想也。

◎本文录自《高僧传》卷四。◎谢安，字安石，东晋阳夏（今河南太康）人。◎支遁，即支道林，东晋僧人。◎剡，地名，在剡溪（曹娥江上游），今浙江嵊州南境。

时刻挂念着你，听说你想去剡溪养病，我放心不下，更是整天郁闷。所闻所见，徒增伤感，觉得人生真如匆匆过客，再也没有什么赏心乐事。甚盼与你相见，快谈一日，便可消千载之愁。

　　吴兴是一山城，十分闲静，疗养环境不比剡溪差，医药方面还有特色。所以希望你能前来，既可弘扬佛法以结善缘，更可畅叙友情慰我长想。

这是谢安从吴兴写给好友支遁和尚的一封信，约他来吴兴会面畅谈，同时疗养治病。

支遁这时想去剡溪，这可是一处文化上相当著名的地方。

李白诗：

湖月照我影，送我至剡溪。

谢公宿处今尚在，渌水荡漾清猿啼。

此谢公指谢灵运，乃是谢安的侄曾孙。在《世说新语》中，谢氏诸人屡屡出现。他们逃禅游仙，和支遁这样的高僧交朋友，充分表现了"六朝人物"精神生活的多方面。

在写给支遁的这封信中，谢安完全放下了当宰相、任征讨大都督的架子，他先说人生如寄，当求快意，继言吴兴有知己，可以晤言消愁，一句话，就是要懂得"风流得意之事"的和尚快点来。

这和他指挥淝水大战，得胜后淡淡地说"小儿辈顷已破贼"，正是同一风度。

且住为佳

寒食帖

颜真卿

　　天气殊未佳，汝定成行否？寒食只数日间，得且住，为佳耳！

◎本文录自《全唐文》卷三百三十七。◎颜真卿，字清臣，唐京兆万年（今西安）人，祖籍临沂（今属山东），封鲁郡公。

天气这样差，难道你一定得走？马上就要过寒食节了，留下来再住几天，我看也好吧！

此信全文不过二十二字，是留人（称之为"汝"，应是他的晚辈，或是年轻的朋友）多住几天再走的，也属于邀约的性质。

古时行路难，故很重去留。而人生也就是一次漫长的旅行，同为过客，总是聚少离多，"且住为佳"实在是一种艺术的生活法。

颜鲁公此篇，也是因书法流传下来的。二十二个字的寥寥数语，又何其深情雅致，真像是一首小诗，不能不令人倾心拜倒。

后来辛稼轩作了一首《霜天晓角·旅兴》：

吴头楚尾，一棹人千里。
休说旧愁新恨，
长亭树、今如此。
宦游吾倦矣，玉人留我醉。
明日落花寒食，
得且住、为佳耳。

后几句即全用《寒食帖》语，"明日落花寒食"和"寒食只数日间"同一意思，"得且住、为佳耳"更全用颜文，都可以打一百分，也是传诵不衰的一首好词。

请来奏琴

招素上人弹琴简

王维

　　仆乍脱尘鞅，来就泉石，左右坟史，时自舒卷，颇觉思虑斗然一清。禺俟挥弦，写我佳况。

◎本文录自《全唐文》卷三百二十五。 ◎王维，字摩诘，唐河东（今山西永济）人。
◎素上人，一位和王维交好的僧人。 ◎坟史，泛指古代典籍。

我从尘嚣纷攘中逃出来，一进入山林泉石的佳境，四壁的图书任我披览，心神立刻清爽了。

渴盼上人能在午前抱琴而来，为我一挥手，让你的琴声，使这里的一切更加美好和生动。

王维为高官，"闲爱孤云静爱僧"，富贵中人偏爱跟和尚来往。这位素上人的琴艺能得到王维赏识，发信请他到尚书右丞的辋川别墅来"挥弦"，肯定是一位有文化懂艺术的高级和尚。

此信只三十三字，要言不烦，毫不掩饰自己"乍脱尘鞅，来就泉石"的快乐心情，又很细致地照顾到了僧家的生活习惯。

"禺俟"，就是在午前敬候；因为和尚过午不食，要设素斋款待，当然得请上人午前来。

王维是大诗人、大画家，非常懂得生活的艺术。他又是大官僚，有钱财，有园林，也有条件营造"艺术的生活"。这一切，三十三个字表现得淋漓尽致。

都说王维"诗中有画，画中有诗"，又说他的作品有禅味，信中也充分体现了这种独特的风格。它营造和追求的，是一个恬静清寂的世界。这和他的诗句"松菊荒三径，图书共五车""松风吹解带，山月照弹琴"，可以互为表里。

去木末亭

简赵履吾

王思任

秦淮河故是一长溷堂。夫子庙前更挤杂，包酒更嗅不得。不若往木末亭，吃高座寺饼，饮惠泉二升，一鱼一肉，何等快活也！

◎本文录自周亮工《尺牍新钞》卷十。◎周亮工，号栎园，明清之际河南祥符（今开封）人。◎王思任，字季重，号谑庵，明末山阴（今绍兴）人。◎赵履吾，未详。◎秦淮河、夫子庙，都在南京闹市区。◎惠泉，酒名，出自无锡惠山。

秦淮河已经成了澡堂子，浊秽不堪。夫子庙前更是人流混杂，实在无法停留。那里的什么"包酒"，闻都闻不得，更不要说进口了。

还不如去木末亭玩吧，在那里可以吃高座寺的饼，叫一份鱼一份肉，喝上两斤惠泉酒，那才叫快活哩！

王季重的文章，喜欢用诙谐的口气进行调侃戏谑，这是许多人喜欢他或不喜欢他的原因。

　　有人说："季重滑稽太甚，有伤大雅。"但从整体上看，他开的玩笑里头，可以看出对于病态社会的针砭，与大多数低级笑话仍有区别。

　　此信邀姓赵的朋友去游木末亭，其实是阻止他去游秦淮河。木末亭不知在什么地方，总不会在南京闹市吧，我想。

莫负此清凉

与周栎园

张惣

绿阴深处，舣舟载酒，相待久矣！主人翁须亟来，借芰荷风泠然醒之。否则一片清凉，恐彼终付瞌睡中耳！

◎本文录自周亮工《尺牍新钞》卷十。◎张惣，字僧持，明江宁（今南京）人。

◎周栎园，见第 19 页注释，即《尺牍新钞》的编者。

小船早已停泊在绿阴深处，酒菜也预备好了，你这位主角请赶快动身来吧。别人在这里已经等得够久了。

　　真希望你快来，用这里充满荷香的冷风，来扇醒大家的瞌睡，不然的话，岂不白白辜负了这夏日中难得的一片清凉。

读晚明人的文字，总有一种和读唐宋古文不同的感觉，那就是他们并不一定想讲什么道理，只是把自己想讲的话讲出来，而又总是讲得那么别致，那么不落俗套。张惣在"绿阴深处"停船待客，是宁愿摒弃俗艳繁华，想从清静中得到点安闲，正是晚明读书人常有的一种生活态度。

《儒林外史》是写明朝读书人的小说。小说中的杜少卿即属此类人物，也是作者吴敬梓的影子。吴敬梓在小说末尾的词中写道：

记得当时，我爱秦淮，偶离故乡。

向梅根冶后，几番啸傲；

杏花村里，几度徜徉。……

虽说"我爱秦淮"，可是"偶离故乡"来到此地，喜欢去的却是梅根冶、杏花村这类"一片清凉"之处，并不想到河房的风月场中凑热闹。

可见吴敬梓是清朝人，其精神却是晚明的，甚可爱也。

一醉方休

简张船山

吴锡麒

　　园中荷花已大开矣。闹红堆里，不少游鱼之戏。惟叶多于花，浑不能辨其东西南北耳！倘能来，当雪藕丝、剥莲蓬，尽有越中女儿酒，可以供君一醉。

◎本文录自叶楚伧《历代名人短笺》。◎吴锡麒，号榖人，清钱塘（今杭州）人。
◎张船山，名问陶，清遂宁（今属四川）人。

园里的莲花已经盛开，成片成堆红色的、粉红色的花朵下面，许许多多鱼儿在往来游戏。因为莲花多而且密，田田的莲叶则更多更密，鱼儿又游得相当快，古乐府所写的：

　　鱼戏莲叶东，鱼戏莲叶西，

　　鱼戏莲叶南，鱼戏莲叶北。

　　在这里就只见鱼儿在游，却说不出鱼的东西南北了。

　　欢迎你来此一游。如果能来，会为你切好雪白的藕丝，剥出新鲜的莲子，还备有绍兴的女儿酒，一定会让你喝个一醉方休。

吴锡麒和张问陶，都是乾嘉时诗坛的领军人物。他们的诗，当时传诵极广，至今的清诗选本中也还在选，如吴锡麒的《雨中过七里泷歌》中写船上饮酒：

玉壶买春雨堪赏，尺半白鱼新出网。
饮酣抱瓮卧船头，听得舟人齐拍掌。

张问陶的《阳湖道中》写江南春色：

风回五两月逢三，双桨平拖水蔚蓝。
百分桃花千分柳，冶红妖翠画江南。

诗人请诗人来喝酒的短信，写出来不是诗也是诗。我只能借梁晋竹一句现成的话来形容："甚矣，文人之笔足以移情也。"

明年再见

与孙星木

龚联辉

　　居庸关外，淹滞三年。谏不行，言不听，而犹未去，则可愧之甚矣！兹已决意南旋，腊初买车起程。惟与知己远违，未免怏怅。明岁之冬，仍作北游，慷慨悲歌之士，总在燕南赵北之间。后会正可期耳！

◎本文录自龚联辉《雪鸿轩尺牍》。◎龚联辉，字未斋，清会稽（今绍兴）人。
◎孙星木，未详。

在关外"帮闲"了三年，建议不被采纳，提意见也没人听；如果还继续待下去，脸皮就太厚了。因此我决定回南边，腊月初就雇车动身。

远离好友，不免伤感。明年冬天，我仍将北上。韩文公说，"燕赵多慷慨悲歌之士"，朋友正应该在这里结交。后会有期，用在这里并非套话，那我们就约定明年再见吧。

后会之期，约定在"明岁之冬"，时间显得长了点，但仍然是约会。古时生活节奏慢，从关外到江南，单程就要一个来月（回家过年得腊初起程），那么为期也并不太远吧。

在关外"淹滞三年"，龚君似乎并不得意。他的身份是一名幕友（俗称师爷），即被官员聘请去办文案的人，在明清两代，这也是读书人考试不利后的一条出路。其中虽出过左宗棠那样的人物，但大多数都是在囊笔佣书，用今天的话说就是受雇的文员，得看东家的脸色行事，自己做不得自己的主的。

《雪鸿轩尺牍》和《秋水轩尺牍》，在晚清社会上相当普及，几乎成了写信的范本，民国时期仍余风未泯，这当然是抬高了它们。但平心而论，它们的文辞还比较讲究，所反映的中下层士人的生活，也有一些社会文化史的价值，亦不必一笔抹杀。

问候的短信

苦雨

与梅圣俞

欧阳修

　　某启。雨不止，情意沉郁。泥深不能至书局，体候想佳。某以手指为苦，旦夕来书字太难，恐遂废其一支。岂天苦其劳于笔砚，而欲息之邪？闷中谨白。

○本文录自《欧阳文忠全集》卷一百四十九。○欧阳修，字永叔，谥文忠，北宋庐陵（今江西吉安）人，古文唐宋八大家之一。○梅圣俞，名尧臣，北宋宣城（今属安徽）人。

这雨落个不停，落得人的情绪低到了极点。路上又全是泥泞，不能前往书局相见，只能写信问好了，想必你的身体和精神，一定都很佳胜。

我的手指痛得厉害，如今执笔写字都感困难，恐怕会要成为残废。难道是老天爷怜惜我写字写得太苦，想用这个办法让我休息吗？

真是闷得受不了啊！

"苦雨"这个题目是周作人的，文章则发表在 1924 年 7 月 22 日的《晨报副镌》上，乃是写给"伏园兄"的一封信，一开头就说：

　　北京近日多雨，你在长安道上不知也遇到否，想必能增你旅行的许多佳趣。雨中旅行不一定是很愉快的，我以前在杭沪车上常遇雨，每感困难，所以我于车上的雨不能感到什么兴味……

　　人们在雨天的情思总是抑郁的，泥深路烂无法出门会见朋友，当然更加抑郁，再加上病痛，就只有靠写信来排遣了。

　　现代化减少了气候对人们生活的影响，"苦雨"的感觉在城市里便不太强烈。若只从"实用主义"的角度看，这当然是文明进步带来的好处，但对于古人的这类情怀，却不免越来越隔膜了。

　　周氏信中又诉说雨水对他的生活带来种种不便，故而"苦雨"。这种心情，和欧阳修与梅圣俞信中所写的，我看差不多。

南京风景

与何彦季

陈衍

　　雨花台细草，绵软如茵。坐卧其上，不见泥土，他山所无也。摄山往祖堂，磴道幽甚。清凉寺前，草坡平旷，极宜心目。弟于数处，皆时游憩。内养不足，正借风景淘汰耳！

◎ 本文录自周亮工《尺牍新钞》卷一。◎ 陈衍，字磐生，明侯官（今福州）人。
◎ 何彦季，未详。

雨花台的一大片草坪，又密又软又整齐，像一床厚厚的绿色毯子，坐卧在上面都看不见泥土，这是别处难得见到的。

栖霞山往祖堂去的那条石级路，两旁的风景十分幽静，也大可流连。

清凉寺前的山坡上，视野开阔，给人的感觉则非常旷远。

我常去这几处地方走走，深深地感觉到了大自然无穷无尽的美。这对于孤寂空虚的心灵，的确是一种洗涤，一种抚慰。告诉你，相信你一定会为我高兴。

给朋友讲自己的生活，讲自己开心的事，讲此处的风光，讲此处可以游目骋怀的地方，也是一种问候的方式，往往更能引起对方的兴趣，增进彼此的感情。因为问候本即是关心，自己要关心对方，对方也在关心自己，报告这些，比一般问讯更为具体，也更显得亲切。

陈磐生给何彦季讲的是南京风景，是雨花台的草坪、栖霞山的磴道、清凉寺的前坡，是他自己对这几处风景的感觉。古人写风景，无论用韵文，还是用散文，多是写自己的感觉，将物（客观世界）与我（主观精神）结合得很好。

举火不举火

复王于一

杜濬

　　承问穷愁何如往日。大约弟往日之穷，以不举火为奇；近日之穷，以举火为奇。此其别也。

◎本文录自周亮工《尺牍新钞》卷二。◎杜濬，字于皇，号茶村，明末清初黄冈（今属湖北）人。◎王于一，未详。

谢谢你的关心，来问我家困难生活的情形是否有了变化。应该说，变化还是有的。

从前别人家生火做饭时，我家总是不生火做饭，不免使人觉得奇怪。如今别人家生火做饭时，我家偶尔也生火做饭，就更加使人觉得奇怪了。

这也算是有了变化吧。

此信写法奇特，绝无多语，只从"不举火为奇"到"举火为奇"来说明变化。从前穷得有时缺米缺柴，只能"不举火"；现在穷得只能偶得柴米，才居然"举火"。如果所说属实，杜君真是穷得不能再穷了，怎么还有纸笔来写信呢？

《颜氏家训·勉学篇》云朱詹家贫，累日不爨，即不举火：

乃时吞纸以实腹。寒无毡被，抱犬而卧。犬亦饥虚，起行盗食，呼之不至，哀声动邻。

累日不举火，便不能不"吞纸以实腹"；杜家"以举火为奇"，家贫更甚，又如何维持一家人生命？莫非文人会哭穷，言过其实了？焦广期《此木轩杂著》谈到家中最多而无用者是别人一定要送来的时文集子，然后举朱詹为例云：

不幸遭值荒岁，此几上累累者，庶可备数月之粮乎。

难道说杜君他也是"吞纸以实腹"的吗？

告罪

与光缵四哥

郑燮

承三枉顾而不得一回候，罪何如也！溽暑炎燠，蒸耳灼目。三游湖而三病，两拜客而两病。老朽残躯，惟裹足杜门为便耳！高明谅之。

○本文录自影印墨迹。落款云："板桥弟郑燮顿首光缵四哥足下。" ○郑燮，字克柔，号板桥，清扬州兴化人。 ○光缵四哥，未详。

谢谢您一连三次来访，我却一次也没能回步，真正对不起！

暑天酷热，大太阳底下实在去不得。三次游湖，两回访友，我都中了暑。老病之躯，被迫整天躲在屋里，无法出门，只能请您恕罪了。

别人来访过三回，自己未能答访一次，确实说不大过去。此信落款"板桥弟郑燮"，可见这位光缵四哥原是位朋友，朋友称哥，交情自然不浅，那么"谅之"总是没有问题的。

　　我也是一个不喜欢去"奉看"或"答访"的人。朋友来倒是很欢迎，但也得有话可谈，至少是"相看两不厌"的。不好办的是那些"不速之客"，有的一次又一次来"枉顾"，使你觉得不能不去答访，但是又实在不能去或不愿去，简直成了精神上的一大压力，生活中的一大痛苦。

　　古时通信不便，古人只能以书简互相通问，才为我们留下了这些美妙的文字。如今电话拿起便等于晤面，用手机发短信更为方便，但专靠电话和电脑联系，不能留下纸面文字也不大好，还是有时写一写信吧。

节序怀人

复钱绳兹

许思湄

　　元夜连袂看灯，极一时征逐之乐。流光如驶，忽届新秋，节序怀人，何能已已。承寄家兄一函，为理积牍，裁答久稽，或不罪其疏节耶！弟拟中秋返省，饼圆似月，藕大如船，三五良辰，何堪虚度。不知足下亦作思归之计否？

◎本文录自许思湄《秋水轩尺牍》。◎许思湄，字葭村，清山阴（今绍兴）人。
◎钱绳兹，未详。

元宵之夜，结伴看灯，你呼我赶，真是一段快乐的记忆。时间匆匆过去，如今已是秋天，有时仍不免想起那次同游的朋友。

给家兄的信，迟迟没有奉答。希望你不要生气——这里拖沓着没复的信还有一大堆呢！

中秋节我准备回省城一趟，想想那里香甜的月饼和新鲜的藕吧。能不能又一次结伴同行啊？

周作人在《再谈尺牍》文中评论许葭村的尺牍道：

《秋水轩尺牍》与其说有名还不如说是闻名的书，因为如为他作注释的管秋初所说，"措词富丽，意绪缠绵，洵为操觚家揣摩善本"，不幸成了滥调信札的祖师，久为识者所鄙视，提起来不免都要摇头，其实这是有点儿冤枉的。秋水轩不能说写得好，却也不算怎么坏，据我看比明季山人如王百谷所写的似乎还要不讨厌一点，不过这本是幕友的尺牍，自然也有他们的习气，……不会讲出什么新道理来，值得现代读者倾听。但是从他们谈那些无聊的事情可以看出一点性情才气，我想也是有意思的事。

做幕友是"士不遇"的另一条出路，即为得"遇"的官们去帮忙或帮闲，而山人则只帮闲不帮忙。其实二者并无高下之分，选读他们的尺牍，也只是欣赏一点性情才气，无论如何，总比看效忠信或随大流表态的各种公开信好一些。

赠答的短信

毋相忘

致问春君

奉

奉谨以琅玕一，致问春君，幸毋相忘。

本文录自罗振玉、王国维编《流沙坠简》。奉，人名，汉时戍守居延者，其姓氏已不可考。

春君：你好！

将这枚玉佩送给你，它代表着我的一片真心，愿你能永远珍重它，视如你我的情意。

琅玕珍重奉春君，绝塞荒寒寄此身。

竹简未枯心未烂，千年谁与再招魂。

此系周作人《苦茶庵打油诗补遗》之二十，原注："《流沙坠简》中有致春君竹简。"

《流沙坠简》是一部出土简牍集，收 20 世纪初期从甘肃汉代烽燧遗址中发掘出来的简牍。"致春君"十四字写在两支竹简上，乃是两千年前的一件情书。我有《千年谁与再招魂》一文云：

两千年前的烽燧，早已夷为沙土……可是这件用十四个字热烈恳求春君"幸毋相忘"的情书，历经两千年的烈日严霜，飞沙走石，却仍然保持了美的形态和内涵，表现出那番血纷纷的白刃也割不断、如刀的风头也吹不冷的感情，使得百世而下的我们的心仍不能不为之悸动，从中领受到一份伟大的美和庄严。

有实物为证，这件汉简，真可以称为不朽的情书了。

长沙近年也出土了一批吴简，其中却找不出如"致春君"这样有意思的。

奉橘帖

王羲之

奉橘三百枚，霜未降，未可多得。

◎本文录自《王右军集》卷二。◎王羲之，见第 3 页注释。

送上橘子三百枚，因为还没有打霜，暂时只能摘这么些，无法更多了。

橘子本来要蓄在树上，等到打霜以后，才能熟透，才最好吃。抗战以前，父亲在岳麓山下湖南大学旁边一处叫朗公庙二号的地方，买过一座橘园，带有几间瓦屋。每年将橘子"判"给别人时（"判"就是在挂果后由买主踏看后估定价格，采摘运走时付钱），都要留下一两树自家吃，因此我从小便知道了这一点关于橘子的常识。

　　橘子熟透的标准，一是真正红透，二是皮不附瓤，极易剥离。只有这样的橘子，才真正好吃，这是自家有橘园的人才能享受得到的口福。市上出售的橘子，都是皮色青青时下树，那红色都是"沤"出来的。王羲之当然不会吃这种橘子，也不会拿来送人，这三百枚，应该是从向阳的枝丫上头选摘下来的早熟果吧。后来韦应物有诗云：

　　怜君卧病思新橘，试摘犹酸亦未黄。
　　书后欲题三百颗，洞庭须待满林霜。

　　也就是说橘不见霜不能摘下送人，用的正是王羲之的典故。

几张字

与卢仓曹

颜真卿

足下今日定成行否？不得一至郊郭，深用怅然，珍重珍重。所欲拙书，今勒送十余纸，望领之，勿怪弱恶也。不具不具。

◎本文录自《颜鲁公文集》卷四。◎颜真卿，字清臣，唐京兆万年（今西安）人，祖籍临沂（今属山东），封鲁郡公。

　　您今天一定要走吗？我不能出城相送，心中十分抱歉，谨祝一路平安。

　　您想要的字，勉力写成十来张送上。近来腕力孱弱，实在写得不成样子，请不要嫌弃。

　　匆匆作信，许多事情都来不及缕陈，只能言不尽意了。

颜真卿在朝为殿中侍御史（后升至尚书，封鲁郡公），下放为太守，也是地方主官。仓曹只是州郡管粮谷事务的小官，却能和他交朋友（《全唐文》收有颜氏"与卢仓曹"的另一封信），还能要他写字相送，一送就是"十余纸"。由此可见当时士大夫相交感意气，不太重功名，有才艺者亦不以才艺相矜，今人实在应该觉得惭愧。

卢仓曹一次竟能得到十多张颜鲁公的法书，在今天看来真是天大的幸事，在当时却只是普通的人情。我想颜真卿写过《借米帖》，也许他生活困难常常缺粮，因此不能不对管粮库的人特别客气一点也说不定。

唐人真迹，如今若能存世，一张的价值，至少也要上亿元。但鲁公当时写送给卢君的十几张，在彼此心目中的价值，大概最多亦不过一两石米。时移事易，读古人文字，于笔墨之外，的确还能寻得许多趣味。

达头鱼

与梅圣俞

欧阳修

　　某启。阴雨累旬，不审体气如何？北州人有致达头鱼者，素未尝闻其名，盖海鱼也。其味差可食，谨送少许，不足助盘飧，聊知异物耳。稍晴，便当书局再相见。

◎本文录自《欧阳文忠全集》卷一百四十九。 ◎欧阳修，见第 37 页注释。
◎梅圣俞，见第 37 页注释。

连日阴雨，不知贵体如何？

北边有人送来一些"达头鱼"，乃是一种海鱼，我原来不曾听说过的，尝尝味道还可以，便分送一点给你，充当大菜可能不够一餐，只是请尝尝新罢了。

天晴以后，书局再见。

梅圣俞《宛陵先生文集》卷二十二中有《北州人有致达头鱼于永叔者，素未闻其名，盖海鱼也，分以为遗，聊知异物耳，因感而成咏》一首云：

孰云北河鱼，乃与东溟异。适闻达头干，偶得书尾寄。

枯鳞冒轻雪，登俎为厚味。向来昧知名，渔官疑窃位。

有如臧文仲，不与柳下惠。从兹入杯盘，应莫惭鲍肆。

欧阳修集中也有诗《奉答圣俞达头鱼之作》，开头四句是：

吾闻海之大，物类无穷极。虫虾浅水间，蠃蚬如山积。

末八句是：

嗟彼达头微，偶传到京国。干枯少滋味，治洗费炮炙。

聊兹知异物，岂足荐佳客。一旦辱君诗，虚名从此得。

"达头鱼"这种海鱼，现在好像没听到谁提起了，大概是给它改名字了吧。从古至今，编注欧公诗文集者很多，却没见谁认真考究一下"达头鱼"，注明它的形态、产地和异名。

两件棉衣

与三好安宅

朱之瑜

奉上粗布棉衣二件，聊以御寒而已。以足下狷洁，不敢以细帛污清节也。诸面谈，不一。

◎本文录自《朱舜水全集》。◎朱之瑜，号舜水，明余姚（今属浙江）人，明亡后流亡日本。◎三好安宅，朱之瑜在日本的友人。

送上粗布棉衣两件，聊供御寒。知道你的脾气，不敢用绸缎之类做面料。务请先收下，有话见面时再说。

朱舜水现在少有人提起了，其实他倒真是个不屈的遗民，明亡后据舟山抗清；失败后，亡命越南、暹罗、日本等地，力图恢复，多次潜回内地进行活动，知事不成，才留居日本以终老。

　　舜水只是一"诸生"，但学问文章都不错，居日本二十余年，讲学、著作不辍，对日本汉学有相当大的影响，所以他又是中日文化交流史上一个相当重要的人。他在日本靠讲学维生（事实上是水户侯在供养他），却还有力量帮助像三好安宅这样的日本学者。可见他的境况，大约还要宽裕些，这也是蛮有意思的一件事。

　　舜水能留在日本是很不容易的。他曾说过：

　　日本禁留唐人已四十年……乃安东省庵苦苦恳留，转展央人，故留驻在此，是特为我一人开此厉禁也。

　　前有朱舜水，后有梁启超、孙中山诸人，再后又有茅盾、郭沫若一辈。中国政治流亡者在国外的历史，包括他们当时留下的文字，收集起来，加以研究，似乎亦有价值，不过现在大概还不是时候。

谢赠兰

与王献叔

沈守正

蕙何多英也，谢！

◎本文录自周亮工《尺牍新钞》卷四。◎沈守正，字无回，明武林（今杭州）人。

◎王献叔，不详。

送来的兰花，开得多么漂亮啊，真要谢谢你啦！

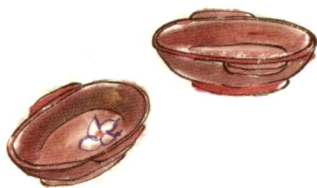

这封信只有六个字，要算是最短的了。

开始学做文章，总是怕做不长。有笑话说，某人参加"小考"，规定文章要上三百字，结果他写不出来，交了白卷。

回到家里，妻子问他："一天到晚只见你抱着书在读，书上头尽是字，难道你肚子里头连三百个字都没有？"

他哭丧着脸回答道："肚里的字倒不止三百个，只是我无论如何也没办法把它们串起来啊！"

辛辛苦苦学会了把字串起来以后，又总是"下笔不能自休"，一写便写得很长很长。其实值得写，应该写，非得写的东西，哪里会有那么多。

明明一句话可以说明白的，偏要说上好几句，十几句，岂不是给自己和别人添麻烦？这封回信如果换一个人来写，真不知又要浪费多少笔墨。

契诃夫说过："写作的技巧，就是删掉一切多余字句的技巧。"并且谈到他在一个中学生练习簿上看到的对大海的描写，只有两个字：

海，大。

他以为，描写海是很难的，这两个字，形容得最好。

故乡的酒

与黄济叔

周圻

故乡酒，奉一壶。同济叔隔墙泛蒲，亦是我两人一端午，亦当我两人一还家也。趁热急饮！

◎本文录自周亮工《尺牍新钞》卷十二。周圻，字百安，清抚州（今江西临川）人。
◎黄济叔，名经，号山松，清如皋（今属江苏）人。

故乡的酒，给你送上一壶。今天是五月初五，隔墙同饮菖蒲酒，就算一同过了端阳节，也算是你和我结伴回了一趟老家吧。

　　趁着热，赶快喝啊！

节日是传统风俗习惯借以保存下来的一块"根据地"。四时八节，除了过年（春节），重要的便是端午和中秋了。

过端午的活动，现存记载最早的，当然是吃粽子和赛龙舟，挂艾叶、菖蒲也可以算一宗，从宋朝起就有人把端午节叫作菖蒲节，但饮菖蒲酒的习惯似乎早已消失，过节时最多买一把菖蒲叶挂在门上，应应景。

此信中所说的"泛蒲"，便是饮菖蒲酒。"泛"的意思是饮完酒后把酒杯倒翻过来扣在桌上，表示干了杯。但请黄济叔"趁热急饮"的一壶里，究竟浸没浸菖蒲叶或菖蒲根，我仍不免存疑。菖蒲叶大家都见过，那么长而光滑的东西，怎么好浸入酒坛，也难浸出什么味来。而菖蒲根则非常之苦，亦非城市中人所易得。小时五月五日吃雄黄酒，其实也没人真用酒吞服雄黄（雄黄亦不溶于酒），不过在酒杯中调点雄黄粉，用指头蘸起给小孩额上画三横一竖。

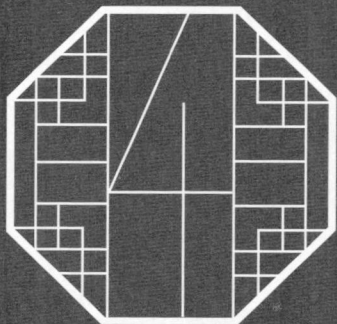

倾诉的短信

不失自我

与所亲书

张裔

　　近者涉道，昼夜接宾，不得宁息。人自敬丞相长史，男子张君嗣附之，疲倦欲死。

◎本文录自《全三国文》卷六十一。◎张裔，字君嗣，三国时成都人。

此次北上去见丞相，一路忙于应酬，日夜得不到半点休息。

人们热烈奉迎丞相府长史官，我张君嗣顶着这个头衔，却累得要死，简直苦不堪言，烦着哪！

张裔原为巴郡太守，诸葛亮先是提拔他为益州治中从事，后来出师北伐，又任他为留（丞相）府长史。《三国志·蜀书》卷十一云：某年张裔"北诣亮谘事，送者数百，车乘盈路。裔还，书与所亲曰……"，就是这封有名的信。

如果说诸葛亮是蜀国的总理，张裔（君嗣）便是国务院秘书长。秘书长去见总理，商量军国大事，谁不想趁此献一献殷勤，探一探口风呢？于是张不能不被热烈迎送的人弄得"疲倦欲死"，只好向"所亲"诉苦。

秘书长是大官，当秘书长的张君嗣却同别人一样是个普通的"男子"。有些当大官的，却往往只记得自己是个大官，忘记了自己也是个普通的人，沉湎于应酬，忘记了疲倦，于是纵情享受，把人的尊严和责任都忘记得一干二净。"男子张君嗣"却心知肚明，欢迎欢送、恭维奉承，这些都是冲着"丞相府长史"来的，自己不过是躬逢其胜，赶上了这一趟。

富贵中人，很容易忘乎所以。"男子张君嗣"能够对争先恐后来敬丞相府长史的人觉得烦，可算是不失自我的了。

一口气

答寇子惇

康海

放逐后，流连声伎，不复拘检，垂二十年。人苦不自知，仆既自知之，而又自忘之，此则深惑尔矣！

有丑妇被黜者，借邻女之饰更往，谓夫曰："曩以不修，子故弃妾；今修矣，子何辞焉？"其夫拒趄而出。

其姊尤之曰："一出已羞，更复何求？"其言虽鄙，可以理喻，惟万万念之。

◎本文录自叶楚伧《历代名人短笺》。◎康海，字德涵，号对山，明武功（今属陕西）人。◎寇子惇，名天叙，明榆次（今属山西）人。

被赶出官场后，我便干脆放任自己，在歌场舞榭里玩了差不多二十年。人怕就怕没有自知之明，现在已经明白了自己不堪使用，如果还要去献媚争宠，岂不是更加不堪了？

有个丑女人被男人一脚踢开后，从邻居那里借来几件首饰戴上，又去找到男人说："原来我不会打扮，你不要我；如今我会打扮了，你总会要我了吧？"结果又被一脚踢开了。她的姐姐便骂她道："被赶出一回就够没脸了，还要去找第二回的羞辱吗？"

这话虽然难听，但是也有道理，不是吗？

康对山被赶出官场，说来也够冤枉的。他本是弘治朝的状元公，学问文章和官声都不错的。刘瑾擅权时，有意拉拢他，多次请他上门去，他也没去。后来李梦阳被刘瑾一党关了起来，从牢狱中写了张字条给他："对山救我。"为了朋友，他只好去找刘瑾，第二天李梦阳便出了狱。就为了这件事，刘瑾倒台后，他也"坐瑾党落职"了。

康氏所说丑妇人的故事，意味很是深长。在专制制度下做事，受冤枉总是难免的；受了冤枉，亦无法报复，一口气只能咽在自己肚子里。但总还要有这口气在，王国维所谓"义无再辱"是也。

梦
想

与友人

莫是龙

　　仆平生无深好，每见竹树临流，小窗掩映，便欲卜居其下。

◎本文录自周亮工《尺牍新钞》卷二。◎莫是龙，字廷韩，号秋水，明华亭（今上海）人。

告诉你吧，在生活上，我并没有特别的嗜好，也没有过高的要求。只是每每见到流水边丛生着竹子和树木，竹树中露出一扇小小的窗户，便很想住到这扇窗户后面去。

莫是龙是一位画家，"竹树临流，小窗掩映"的描写，富有画意，很美。

　　人的日常生活，常被概括为衣食住行四个字。在这四个字中，食总被排在第一位，其实住恐怕更重要些。每天十二个时辰，总有一半以上"住"在自己的屋子里；如果能住在"竹树临流，小窗掩映"的环境里，当然好。

　　但这样的环境，却不是想有就能有的，只有在梦想中它才可以随时浮现出来。于是，生活也就容易一些，并且有趣味一些了。

　　梦想是一个好东西啊，它使人生变得温馨，变得美好。

　　我也有过自己的梦想。解放前闹学潮的时候，梦想过"山那边"的"好地方"；"三年自然灾害"中拉板车的时候，梦想过满桌子的大鱼大肉；如今年已"望八"，便梦想着古希腊哲人说的"往者原"：

　　在那里没有雪，没有风暴，也没有烦恼人的别的事情，死后的人们可以在那里开怀畅饮……

　　如果那里也有"竹树临流，小窗掩映"，岂不更妙！

吃惯了苦

与洪戴之

卓发之

　　弟以老生落第，最是人间苦谛。然堇虫习堇，翻不觉苦。年年被放，只是春阑花堕，秋深叶陨耳！

◎本文录自周亮工《尺牍新钞》卷四。◎卓发之，字天星，号左车，明钱塘（今杭州）人。◎洪戴之，名吉臣，明仁和（今属杭州）人。

考试把人都考老了，这次又未能侥幸，真是苦也。但我就像苦菜上的虫，吃惯了苦味，反而不觉其苦。回回落榜，只当作春残花谢，秋深叶落，乃是应有的一幕了。

这又是一个诉苦的。他说"堇虫习堇，翻不觉苦"，既是黑角湾里吊颈——自宽自解，也是无可奈何中的一种自嘲。其实卓君虽然科场不利，早已成为"有意出新，独辟生面"的诗人，"年年被放"，还年年要去，也是在自讨苦吃。

曾国藩把考试说成是"国家之功令，士子之职业"，情形确实如此。在科举时代，读书就是为了应考。连科皆捷的少年鼎甲只能是极少数，许多人的一生精力都消耗在考试当中了。《儒林外史》里的周进哭棚、范进中举，戏剧舞台上的《祭头巾》，写的便是这类悲喜剧。

这样，中国便成了公认的"考试大国"。

据说俞理初临终前有言：

此去无所苦，但怕重抱书包上学堂耳。

看似滑稽，其实却是比苦菜还要苦的一句话。

难忘的月光

与宋比玉

黄虞龙

夜来月色映空庭如积水，令人至不敢蹈。弟通夕为之不寐，俄而鸡鸣钟动，怅然久之。

◎本文录自周亮工《尺牍新钞》卷七。◎黄虞龙，字俞言，明晋江（今属福建）人。
◎宋比玉，名钰，明莆田（今属福建）人。

夜里，月光倾泻在院中空地上。地面仿佛成了水面，走近时几乎不敢将脚踏上去。

上床以后，大好的月光竟使我通晚不能入睡。似乎没过多久，晨鸡便开始啼叫，远处的晓钟也敲响了……

大好月色不是常有的东西，所以人们对它的感觉也不寻常，而且总是偏于清冷。阴晴圆缺的变化，又容易使人联想到悲欢离合上去。望着月光睡不着觉的经历，在乡下住过的读书人多少总有过几回。"文革"中被长久拘禁，我曾写过一首五言古诗，也是被月光照得"通夕为之不寐"时写的，开头四句是：

明月照铁窗，铁栅映月色。不知我妻儿，可望今宵月？

最后四句则是：

地球转不停，月落一时黑。摸索起披衣，坐等东方白。

月光在我记忆中留下深刻印象的还有几回，从近往远说，一回是夜宿峨眉金顶，原为看日出，却看到了好月光，它投射在后山绝壁上的景象，竟使得穿棉大衣的我凛栗不已。一回是十六岁时，初次为情所苦，半夜起来爬到岳麓山顶上，满山都沉浸在凄凉的月光中，自己的心也凄凉透了。一回是才下乡就走兵，七八岁的我跟着大人高一脚低一脚，月光照着的水田比泥土地更白，糊里糊涂地"蹈"上去，鞋袜全弄湿了。

孤臣孽子

寄黄石斋

范景文

　　翁兄去后，时事不可言矣！今日既非前日，恐明年又非复今年。此堂非燕雀可处。急欲图归，奈满堂皆互向人，主上孤立无依，不忍恝然去国。明知伴食无补，然恐一旦有事，求一伴食者亦不可得耳，言之潸然！

◎本文录自叶楚伧《历代名人短笺》。◎范景文，字梦章，明末吴桥（今属河北）人。
◎黄石斋，名道周，明末漳浦（今属福建）人。

翁兄离职之后，大局更加无望了。今日已大不如前日，看来明年还会不如今年。大厦将倾，麻雀燕子还能守得住自己的窝巢吗？

　　我本想弃职回家，见满朝文武，还在为私人和宗派的利益互相倾轧，无一人公忠为国，皇上真正成了孤家寡人，又不忍舍弃他决然离去。

　　明知自己虽然占有名义，其实不过是一名"伴食中书"，有我不多，无我亦不会少；但若是一旦变故发生，皇上要找个"伴食"的人也找不到了，那又怎么办呢？

写信向朋友诉说的，大都是个人的内心感受，还有个人生活中的事情。范景文写给黄道周的这封信，却是一位当朝高官，在国难当头时，表白他的一片孤臣孽子之心。

在明崇祯朝，范、黄二人都曾因直言极谏，被削籍为民。后来黄道周"戍逐"到外地去了，范景仁则于崇祯十五年又被重新起用，此信便是在这时写的。信中说的"翁兄"不知是谁，也许是翁正春，但正春在天启时即因反魏忠贤"乞归"了，时间早了些。

明朝的统治，到崇祯后期，已经无法不亡了。文武百官在平日高谈忠节，到头来卖主求荣，或附闯或降清。只有范景文在闯王进京后投井自杀，实践了为崇祯"伴食"的诺言。

他得先来

答因树屋主人

黄经

乃公处，经不可以先往。经在难，故人固当先经耳。

◎本文录自周亮工《尺牍新钞》卷二。◎黄经，即黄济叔，见第83页注释。
◎因树屋主人，即周亮工，见第19页注释。

大人物那里，我是不会先去的。我现在这种情况，正在困难之中，如果是朋友，他就得先来看我啊。

文人不得志，则处于弱势。扶强不扶弱，本是人类的通病。但居于弱势者，再弱也不能弱了自己的志气，在强势者面前，更不能因己弱而自卑，因彼强而"服软"。人势有强弱，人格却不能分贵贱。弱者能坚持自己的尊严，人格也就高贵了。

这封信能打动人的，就是作者的人格。

人格者，做人必有之"格"也。从信中看得出，作者正"在难"，也就是在困难之中。越是这样，就越要保持自己的人格，如上面所说的。

英国作家毛姆《在中国屏风上》中写过，他访问中国时，写信约辜鸿铭见面交谈。辜鸿铭却不肯去，说既然毛姆希望和他见面，就应当前来看他。

这封信的作者亦是如此。这并不是骄傲，而是为了保持自己的人格，故不能招之即去。

黄经即黄济叔，经是他的名，济叔是他的字。因树屋主人则是周亮工的别号。书信中自称用名，称对方和别人则只能用字或别号，这是过去的规矩。

妻死伤心

寄邹论园

吴锡麒

　　仆归里后，内子已自病危，乃不数日间，遽然化去。以数十年同艰共苦者，而目中忽无此人。觉"蒙楚"一诗，字字皆为我辈画出泪痕。方知此种伤心，固自同于千古，特仆不幸适然觏之，惨惨何已！

◎本文录自叶楚伧《历代名人短笺》。◎吴锡麒，见第 27 页注释。◎邹论园，未详。

我回乡时，妻子病已濒危，没有几日，便故去了。

几十年同艰共苦的人，就这样突然从眼前消失；《葛生》诗中那些悲哀的句子，真像是为哭泣伤心的我而写的。

现在才知道，和顺夫妻一死一生，乃是人生最大的不幸，千古皆然，偏偏让我碰上了，这痛苦怎么承受得起。

和顺的夫妻，尤其是"数十年同甘共苦者"，先死去了一个，那另一个"目中忽无此人"，当然会十分痛苦。这种痛苦，本人当时是无法以语言文字表达的，因为语言文字无此力量，人亦无此力量。——但终究总不会没有一点流露，于是便有了潘岳的《悼亡诗》，元稹的《遣悲怀》，有了苏轼的"十年生死两茫茫"，有了归有光《项脊轩志》最末那使人读后久不能忘的一段。吴锡麒这封短信，还有他提到的"蒙楚一诗"即《诗·唐风·葛生》，也都是此种倾诉：

葛生蒙楚，蔹蔓于野。予美亡此，谁与独处。

可以读作：

葛藤遮住了灌木丛啊，瓜蒌爬到了荒丘野外。
只剩下孤单的我一人，屋里的人啊已经不在。

这和下面四章一样都是悼亡诗，女悼男、男悼女都一样。郑笺云："刺晋献公也。"释作："夫从征役，妻居家而怨思。"未免太牵强了一点。

文友的短信

小巫见大巫

答张纮书

陈琳

　　自仆在河北，与天下隔。此间率少于文章，易为雄伯，故使仆受此过差之谭，非其实也！今景兴在此，足下与子布在彼，所谓小巫见大巫，神气尽矣！

◎本文录自《全后汉文》卷九十二。◎陈琳，字孔璋，东汉广陵（今属江苏）人。
◎张纮，字子纲，东汉广陵（今属江苏）人。◎景兴，姓王名朗，三国东海（今属山东）人。◎子布，姓张名昭，三国彭城（今徐州）人。

我到河北来后，与外间隔绝。这里文化落后，写文章的人少，山中无老虎，猴子自然容易出名。所以对我的吹嘘，请不必信以为真。

现在这里又来了一位王朗先生，在东吴则有您和张昭先生，都是文章高手。我同列位一比，就好像小道士在水陆道场上遇到了老道长，还敢出什么风头呢？

陈琳为"建安七子"之一，本有文名，倒不一定是在河北地方吹起来的。说做文章，他比王朗、两张，实在不能说是小巫见大巫，这里不过是在讲客气话。

小巫见大巫的比喻很新奇，增加了这封信的神气。陈琳说他的文章"神气尽矣"，其实大大不然。他在河北为袁绍草拟檄文骂曹操，骂得曹操大汗直流，头痛的老毛病都"好"了，可以为证。

陈琳靠着一支会写文章的笔杆子，先帮何进，后帮袁绍，袁绍败了，又帮曹操做记室（秘书）。曹操不愧为英雄，还笑问陈："你骂人为什么骂得那样狠？"陈答道："我的文章就像一支箭，谁的弓弦拉起来搭上了它，它就不得不发啊！"

这句话说尽了为主子服务的文人的本领，也说尽了他们的无奈。箭虽铦利，控弦者才是主人。

以诗会友

与梅圣俞

欧阳修

　　某启。经节阴雨，犹幸且晴，不审尊候何似？闲作《归田乐》四首，只作得二篇，后遂无意思，欲告圣俞续成之，亦一时盛事。来日食后，早访及为望。

◎本文录自《欧阳文忠全集》卷一百四十九。◎欧阳修，见第 37 页注释。
◎梅圣俞，见第 37 页注释。

阴雨天持续已久，总算开天放晴了，不知吾兄日来做何消遣？

雨天中想以"归田乐"为题作几首诗，作成两首以后，兴致忽然又没有了，很盼望圣俞老兄你也能来作两首。我俩合作写一组诗，也是很有意思的事情。

明天饭后，盼能过来一见。

文人的好朋友，往往也是文人。因为同是文人，互相了解便比较容易，也容易找到共同的语言，这本是产生友谊、保持友谊的重要条件。欧阳修和梅圣俞，跟唐朝的白居易和元稹一样，乃是最要好的诗友，互相唱和的诗都很多，而且也都写得比较好。如此次所作的《归田乐》，欧阳修的《夏》：

南风原头吹百草，草木丛深茅舍小。麦穗初齐稚子娇，桑叶正肥蚕食饱。……………… 田家此乐知者谁，我独知之归不早。乞身当及强健时，顾我蹉跎已衰老。

梅尧臣的《秋》：

秋风忽来鸣蟋蟀，豆叶半黄陂水枯。织妇夜作露欲冷，社酒已熟人相呼。……………… 田家此乐乐有余，食肉缉皮裘岂无。我虽爱之乏寸土，待买短艇归江湖。

一唱一和，真是以诗会友。

请删削

130

与清甫表侄

皇甫汸

　　鄙集虽完，甚不自满，惧有议之者，孰若爱我而删弃之乎？谨以一部奉览，足下深相知，必能益我也！

◎本文据王士禛《池北偶淡》卷十三《前辈墨迹》所引。◎皇甫汸，字子循，明长洲（今苏州）人。◎清甫，未详。

我的集子虽说编成了，却总是不放心，生怕滥收了不值得保存的文字，被人瞧不起。倒不如请爱护我的人审读一次，帮我删掉那些不该收入的。

　　现送上试印本一部，请将你认为应该删去的文字指出来。你是十分了解我的人，一定会帮助我的。

对自己的文章有点自信的人，不会怕别人提意见。曹植给杨修的信中说：

世人之著述，不能无病。仆常好人讥弹其文，有不善者，应时改定。

此种欢迎别人来"咬文嚼字"的精神，应该说是十分了不起的，尤其是才高八斗的曹子建。如今浪得虚名的作家，未必有子建之才，却容不得半点讥弹，气量未免太窄。

对于肯来"咬嚼"的人，的确应该感谢，因为他帮助你改掉了"不善"。咬嚼要用劲，还得防备硌了牙或者会反胃，不是人人都做得来或愿意做的。

皇甫子循的文集已经试印了，还能"惧有议之者"，先送一部给"深相知""能益我"的表侄看看，请他将认为可以"删弃"的篇目指出来，这实在是很谦虚也很高明的态度。

以
泪
濡
墨

与吴冠五

宋祖谦

　　仆所作《寒鸦赋》，幸足下一序。非足下目击，不知仆以泪濡墨。

　　本文录自周亮工《尺牍新钞》卷一。宋祖谦，字去损，明末清初莆田（今属福建）人。吴冠五，字宗信，明末清初屯溪（今安徽黄山市）人。

我的《寒鸦赋》，真想请你给作一篇序文。

　　你是亲眼见到我写它的。除了你，还有谁能相信，我硬是流着眼泪把它写出来的呢？

作品希望能够得到一篇好序，大概是作者普遍都会有的一种心情。用一封二十三个字的短信求序，知道他一定会写，一定写得好，这人当然只能是自己的好朋友。如果不是好朋友，又怎么会守在旁边，目睹自己"以泪濡墨"呢？

以泪濡墨，便是流着泪写文章。记得有人说过，一个能够流泪的人，总是好人；一首能够使人流泪的诗，总是好诗。《老残游记》的作者刘鹗，更把一切好的作品都视为人的哭泣，说：

《离骚》为屈大夫之哭泣，《庄子》为蒙叟之哭泣，《史记》为太史公之哭泣，《草堂诗集》为杜工部之哭泣；李后主以词哭，八大山人以画哭，王实甫寄哭泣于《西厢》，曹雪芹寄哭泣于《红楼梦》。

《寒鸦赋》既然是"以泪濡墨"写出来的，那便是宋祖谦的哭泣；吴冠五能陪着他哭泣，还能为他作序，肯定也是个"能够流泪的人"了。还是刘鹗说得好：

棋局已残，吾人将老，欲不哭泣也，得乎？

选诗

与龚野遗

顾梦游

老病增馋，以口腹累高士，罪岂可忏耶？承选拙诗，幸侍者先录一帙见示，有未安处，及生前改窜也！一气不属，与仁兄异路矣！奈何奈何！

◉本文录自周亮工《尺牍新钞》卷二。◉顾梦游，字与治，清初江宁（今南京）人。
◉龚野遗，名贤，字半千，清初昆山（今属江苏）人。

老人贪吃，叨扰过甚，多多得罪，深以为歉。

承不弃选拙诗为一集，甚盼吾兄要助手先誊录一份寄下，以便再做些调整。病躯日益不支，只要一口气上不来，我就会和吾兄永别，那时阴阳异路，我也就没有可能再参与了。

顾梦游的诗从明朝写到清朝，写了一世，直到晚年，才让龚贤给他选编了这么一本《茂绿轩集》。他去龚家吃饭，显然不是为了"口腹"，定是为了自己的集子，信中仍殷殷嘱托，请龚贤"先录一帙见示"，亦无非想早点见到选目，考虑要不要调整。

前人对"结集"的态度，多半都是十分谨慎的，《李长吉歌诗叙》注云：

乐府惟李贺最工，张籍、王建辈皆出其下，然全集不过一小册。杜牧叙曰："贺生平所著歌诗，凡二百三十三首。"今二百三十三首具在，则长吉诗无逸者矣。其逸者，非逸也，皆贺所不欲存者也。

反观今人，不要说比不上李长吉，就是比起顾梦游来，也地隔天远。

刻《文选》

与顾修远

王士禛

日日无暇，不得一把臂，奈何！文选楼刻《文选》，妙绝佳话，前有萧维摩，后有顾辟疆。弟得左顾右盼其间，良快良快！

◎本文录自周亮工《尺牍新钞》卷一。◎王士禛，号阮亭、渔洋山人，清新城（今桓台）人。◎顾修远，名沅，建有"辟疆小筑"，清长洲（今苏州）人。◎萧维摩，即梁昭明太子萧统，《文选》的编者。

天天都没有一点空闲，不能与先生抵掌快谈，深以为憾。

得知文选楼刻印《文选》，此乃大大的好事。前有昭明太子，后有辟疆园主，我能追随你们之后，更多接触秦汉魏晋的好文辞，真好，真好！

昭明太子将"远自周室，迄于圣代"的文章，"都为三十卷，名曰'文选'"，时在南朝梁时，去王士禛已一千二百年，"文选楼刻《文选》"，则是他眼前的事。那么，此信谈的显然不是《文选》，而是刻《文选》，有关出版事业了。

爱书的人，听到刻书印书的消息，都会十分欢喜的。倒不一定得是未曾见过的，或能归己所有。只要是好的书，印得又好，就足以使得他"良快良快"。

书要印得好，便须得有合适的人。《三科乡会墨程》也要有马二先生来选才行，如果都是萧金铉、季恬逸一流人选的，那就不堪领教。——如今替出版商选书的却大都如此，是可叹也。

在嘉兴请马二先生选书的文海楼，在杭州请匡超人选书的文瀚楼，都是书商。此文选楼则是文人刻书的地方，有如毛氏汲古阁、刘氏嘉业堂，二者不可同日而语。后来阮元在扬州又有一座文选楼，那却是王士禛死后多年的事。

读书之味

与陆三

朱幼清

年来神散，读过便忘。然必欲贮之腹中，犹含美馔于两颊，而不忍下咽。我之于书，味之而已！

◎本文录自叶楚伧《历代名人短笺》。◎朱幼清，未详。◎陆三，未详。

我近年来精神越来越涣散，书当然还在读，可是读过便忘，记是记不住了，读却仍然不能不读。眼睛看着书，就像嘴里含着美味佳肴，倒不急于吞下肚里去，生怕一吞下去便没了。

　　现在读书，我真的只是为了品尝一点佳美的味道，至于对自己有没有补益，能不能够充实自己，这些已经不予考虑，也不能考虑了。

说到提倡"学以致用"，有副对联说得十分明白：

有功家国书常读；无益身心事莫为。

不能有功，便是无益，那就不必怎么读它。

宋真宗《劝学篇》：

富家不用买良田，书中自有千钟粟。

安居不用架高堂，书中自有黄金屋。

娶妻莫恨无良媒，书中有女颜如玉。

出门不患无随从，书中车马多如簇。

"学以致用"想要"致"的项目虽然有可能变更，要求"有功家国"这一点却怎么也不会变的。

朱幼清所取的却是另一种态度，即是学不必致用，读不必有功，只求其有味便够了。他说"含美馔于两颊，而不忍下咽"，是能知味者，也是我十分忻慕的，虽然对他和那位陆三的情况一直未能详知。

说事的短信

说写字

草篆帖

颜真卿

　　真卿自南朝来，上祖多以草、隶、篆、籀为当代所称。及至小子，斯道大丧，但曾见张旭长史，颇示少糟粕；自恨无分，遂不能佳耳！

◎本文录自《颜鲁公文集》卷四。◎颜真卿，见第 11 页注释。◎张旭，字伯高，唐吴县（今苏州）人。

我家先世本是看重文化的南朝人，祖辈多人长于书法，各种字体在当时都颇有名声。到了我这一代，便大不如前了。虽说有幸得到张旭前辈的指点，懂得一些皮毛；但因自己天分太低，终究写不出满意的字来。

中国人习惯了谦虚。家宴请客，明明一桌子美味佳肴，也要说"没有什么吃得的，真对不起"。颜真卿在此帖（写给谁已不可考）中说自己的书法"不能佳"，也是谦虚，而态度真诚，绝非虚伪。他说他的祖上多善书法，确系事实。其《世系谱序》称颜氏先人有"巴陵、记室之书翰，特进、黄门之文章"，"巴陵"指刘宋时官巴陵太守的颜腾之，"记室"指南齐时官湘东王记室的颜协，都是著名的书家。真卿的曾祖、伯曾祖颜勤礼和颜师古，也都以学问、书法著名于唐初。及至真卿，并不是"斯道大丧"，而是"斯道大昌"了。苏轼称其书：

雄秀独出，一变士法，如杜子美诗，格力天成，奄有汉魏晋宋以来风流，后之作者殆难复措手。

朱长文《续书断》列之为"神品"，谓其书法：

点如坠石，画如夏云，钩如屈金，戈如发弩，低昂有态，自羲、献以来，未有如公者也。

又岂是"不能佳"的？他却不仅不自满，还"自恨"不能佳，故能百尺竿头更进一步。

说苏洵

与富郑公书

欧阳修

　　某启。暑雨，不审台候何似。有蜀人苏洵者，文学之士也。自云奔走德望，思一见而无所求。然洵远人，以谓某能取信于公者，求为先容。既不可却，亦不忍欺，辄以冒闻。可否进退，则在公命也！

◎本文录自《欧阳文忠全集》卷一百四十四。◎欧阳修，见第 37 页注释。

◎富郑公，名弼，字彦国，封郑国公，北宋洛阳人。◎苏洵，字明允，号老泉，北宋眉山（今属四川）人。

天气暑热，又兼雨湿，谨祝贵体安好。

四川来了位能写文章的读书人苏洵，希望您能够接见他一次。他说这是出于对您的人格和名望的崇敬，并非个人有何希求。

他从远地而来，误以为我是您能够相信的人，先来找我介绍。一见之后，我觉得不能够拒绝他，也不能够不报告您，于是决定写这封信。行不行，见不见，一切听从裁夺。

欧阳修比苏洵只大两岁，比富弼只小三岁，三人当时的地位却相当悬殊，所以苏洵才需要找欧阳修介绍去见富弼。说是说只"思一见而无所求"，其实"奔走德望"的目的，归根结蒂也还是希望有德望的人能够给自己以帮助，这本是士子们在考试之外的又一条出路。

"苏老泉，二十七，始发愤，读书籍。"但他发愤读书以后，仍然屡试不第，年近五十，才和两个儿子（苏轼、苏辙）同至京师谋发展。如果没有欧阳修的鼎力介绍，"三苏"凭自己的本事当然也会出头，但那就不一定会这么快，这么顺利。

介绍信总是还会要写的，无论到什么时候，只要能够像欧阳修这样写得恰如其分便好。

说
果
木

与程天侔

苏轼

  白鹤峰新居成，当从天侔求数色果木。太大则难活，太小则老人不能待，当酌中者。又须土砧稍大，不伤根者为佳。不罪不罪。

◎本文录自《东坡七集·续集》卷七。◎苏轼，字子瞻，号东坡居士，北宋眉山（今属四川）人。◎程天侔，名全父，余未详。

我在白鹤峰下的新房，最近已经建成了，想向你讨几样果木来栽上。

树太大难栽活，太小了老年人又等不及它结果子，所以请给我树龄大小适中的。

树苑子带的土坨还得留大点，千万别伤了根。

啰里啰唆，请多多原谅。

此信在《苏轼文全集》卷五十五中，前面多出了二十几个字：

龙眼晚实愈佳，特蒙分惠，感怍不已。钱数封呈，烦聒，增悚。

在《东坡七集》里，这却是另外一封信的最后几句。《全集》在后面还多出了两行：

柑、橘、柚、荔枝、杨梅、枇杷、松柏、含笑、栀子，漫写此数品，不必皆有，仍告，书记其东西。十二月七日。

从中可以看出苏东坡的生活趣味和生活态度。

啰里啰唆不嫌烦聒地反复交代，树苗大小要适中，树蔸子带的土不能太少，说明他对栽树颇为内行，不是只知住花园别墅，双手不接触泥土的。

搞园艺本是亲近自然的好方式，又可以满足自己的审美趣味，现代人也颇有向往于此的，只是难得有白鹤峰那样的地方来建屋栽树。

说雅俗

答宋殿直

黄庭坚

人胸中久不用古今浇灌之，则尘俗生其间。照镜觉面目可憎，对人亦语言无味也。

本文录自叶楚伧《历代名人短笺》。黄庭坚，字鲁直，号山谷道人，北宋分宁（今江西修水）人。宋殿直，殿直乃是官名，余未详。

人的身心，若不常常接受古今好思想好文章的洗礼熏陶，必然染上庸俗的灰尘。一照镜子，便会发现自己的形象越来越猥琐，开口说话也不免带着越来越重的俗气。

黄庭坚是性情中人，诗词书法都极具特色，所作小文也清隽脱俗，很耐咀嚼，这封短信便是一个很好的例子。

黄庭坚不愿见庸俗的面目，不乐听庸俗的语言，自己更不甘于庸俗。他的办法便是时常"用古今浇灌之"，从古今书册中去亲近古人，使自己浸淫在他们的风格和气味里。这才能使人脱离庸俗，渐入佳境。

这佳境便是雅。雅是俗的对立面，从来是有志行的读书人所追求的境界。春秋时孟尝君田文是有名的贤公子，其父田婴却最多也只能算是中材，王充著《论衡》便评论道：

夫田婴俗父，而田文雅子也。……故婴名暗而不明，文声贤而不灭。

到底是雅比俗好，还是俗比雅好，千百年来，人们心里都是雪亮的。

说大伯

与人帖

米芾

　　承借剩员，其人不名，自称曰"张大伯"。是何老物，辄欲为人父之兄？若为大叔，犹之可也。

◎本文录自叶楚伧《历代名人短笺》。◎米芾，字元章，人称"米南宫"，北宋襄阳人。

从贵处借用的那个人，问他的名字他不说，只要人喊他"张大伯"。

什么老东西，居然一来就要做别人父亲的老兄，也未免太托大，太不自量了吧。

如果他谦逊一点，叫他声大叔还差不多，"大伯"嘛，休想！

一个借用的"剩员"，居然敢在御前书画博士面前自称"大伯"，料想他不会有这样大的胆子。据我看，一定是方言或者谐声引起的误会。碰上米芾这个颇有几分"癫"气的人，于是留下了这封很有特色的短信。

米芾的字画都极有名，文章却少见。这封信实际上只是一张便条，若不是大书法家的墨迹成了"帖"，恐怕不会流传下来。寥寥三十三字，全是脱略诙谐的口吻，算得上一篇幽默短文，与"米颠"的形象正相吻合。

曾国藩做京官时，有张姓医生自称"张大夫"，曾氏记作"张待呼"，在家书中表示奇怪，也是因方言谐音引起误会之一例。

说借钱

与去来君

松尾芭蕉

　　欲往芳野行脚，希惠借银五钱。此系勒借，容当奉还。唯老夫之事，亦殊难说耳！

◎本文录自周作人《日记与尺牍》。◎松尾芭蕉，日本 17 世纪的俳谐诗人。◎去来君，松尾芭蕉的一位门人。

想到芳野地方走走，请借五钱银子给我做用费。既说是借，自当奉还。——说是这么说，不过我这老头子的话，也不一定能够兑现呢。

这是日本诗人松尾芭蕉用汉文写的一封向人借钱的短信。周作人说它"在寥寥数语中，画出一个飘逸的俳人来"，确实如此。文章、气质，均可入明人尺牍，称为上品。

松尾芭蕉，日本正保至元禄（清代顺治至康熙）时人。《中国大百科全书》说，他把俳谐发展为具有高度艺术性和鲜明个性的庶民诗，他的作品被日本近代文学家推崇为俳谐的典范。近代杰出作家芥川龙之介盛赞芭蕉是《万叶集》以后的最大诗人，至今他依然被日本人民奉为"俳圣"。

芭蕉擅长的俳句是日本独有的只有十七音的短诗，比中国的绝句还短，例如这一首：

古池呀——青蛙跳入水里的声音。

还有一首：

望着十五夜的明月，终夜只绕着池走。

都明白如话，而意味悠远。

说荻港

柬奚铁生

吴锡麒

　　舟抵荻港，芦风萧萧。四无行人，渔子挐小舟而出，遥赴夕阳中。欸乃一声山水绿，此时此景，得足下以倪、黄小笔写之，便可千古。奉到青藤一枝，伏听驱使。

◎本文录自叶楚伧《历代名人短笺》。◎吴锡麒，见第 27 页注释。◎奚铁生，名冈，清钱塘（今杭州）人。◎挐，驾船。

到达获港时，已是向晚时分。船泊在岸边，只有一片芦苇，在风中轻摇轻响。

近处再无旁人，但见一叶渔舟，在夕阳中缓缓而去。"欸乃一声山水绿"，猛然觉得，这不是柳子厚诗中的画面吗？

如果由你挥毫，用倪云林、黄子久的笔法，将这幅小景画下来，我相信一定会成为不朽之作的。

惠赠手杖谢领，会面之后，随你去哪里，都可以追随了。

吴、奚二人是画友亦是文友，吴写信告奚，已舟抵荻港，文笔颇有画意。

　　这荻港在什么地方呢？郑板桥《道情十首》咏老渔翁，"沙鸥点点轻波远，荻港萧萧白昼寒"，使荻港一词更带上了诗情。但那只是泛指，并不是实有的地名。

　　辞典上共有三处荻港：一处在安徽滁州西北，并不近水，当然不是。一处在安徽繁昌长江边上，是个水陆码头，发达已久，恐亦不会"芦风萧萧，四无行人"。还有一处则只能在民国二十年商务印书馆出版的《中国古今地名大辞典》中找到，在浙江吴兴县（今湖州市）南，临苕溪，最为近似。因为吴和奚都是钱塘（今杭州）人，活动多在浙西苏南一带，这里应是他们往来之地，当然这亦只是我的猜测。

说官司

复友人

李石守

　　凡两讼者，各据所见，无不凿凿。听讼之耳，何由鉴别？惟从其弥缝极工处，便知其极破绽处。盖天下之人，无故而多一语，此语必有所为。其极工处，乃其极拙处。若夫理直者，其言自简，了无曲折，反有拙漏。故望而知其诚伪也！

● 本文录自叶楚伧《历代名人短笺》，作者及其友人俱不详。

打官司双方举证陈词，都会力求有理有利。如何判断是非呢？我的经验是：只有从准备最充分、组织最严密的说辞中，去发现他的破绽。

　　人们打官司，都有他们自己的目的。凡是他特别用心的地方，便是他特别需要罗织或掩饰的地方。振振有词，反而容易露出马脚，他的巧也就成为他的拙了。

　　至于有理的一方，通常并不会多说话。话也总是简单平实，不会有过多的增饰，甚至还会出现口误或记错。诚实和虚伪，有经验的人本可一望而知，因为诚实者总是不需要特别做作的。

此信只取其说事明白，这是观察入微、分析合理的结果，看似容易，却也难得。

　　人世上的事，说简单也简单，说复杂也复杂，就看人们怎样去对待它。一切事物无不有其情理，若能原其情推其理，本应该是不复杂的；怕就怕不讲情理，故意矫情言理，或者硬搞一套上下四方往来古今从未有过的歪理出来命令大家"照办"。

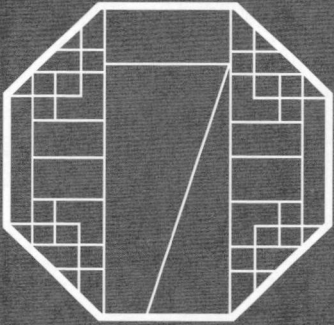

劝勉的短信

赶快走啊

自齐遗文种书

范蠡

　　吾闻天有四时，春生冬伐；人有盛衰，泰终必否。知进退存亡，而不失其正，惟贤人乎，蠡虽不才，明知进退。高鸟已散，良弓将藏；狡兔已尽，良犬就烹。夫越王为人，长颈鸟喙，鹰视狼步。可与共患难，而不可共处乐；可与履危，不可与安。子若不去，将害于子，明矣！

◎本文录自《全上古三代文》卷五。◎范蠡，春秋时楚国宛（今南阳）人，助越灭吴后离去，经商致富，称陶朱公。◎文种，春秋时楚国郢（今湖北荆州西北）人，助越灭吴后反被越王勾践赐死。

天道往还，有春的生机，就有冬的杀气；人事反复，有得志之日，就有失意之时。能掌握时机，决定进退，而又能堂堂正正行之，就算得大智大勇的贤者。我当然不行，不过略微能知道自己该怎么做罢了。

勾践这个人，只看他雄视阔步指点江山的样子，便可知只能共患难，不能同安乐。过去他打猎，你我是他的弓箭和猎狗；如今猎物已尽，弓箭便没有用处，猎狗也可以杀来吃了。这样的事，他这种心狠手辣的人是一定做得出来的，你还是和我一样，早点离开他吧。

如果还不快走，大祸必会临头。千万别再迟疑了，赶快走啊！

两个楚国人，辛辛苦苦进入越国，帮勾践"十年生聚，十年教训"，好不容易才灭了吴国。范蠡知道兔死狗烹、鸟尽弓藏的道理，赶快离开勾践，下海当大老板去了。文种却要帮忙帮到底，不听范蠡这番忠言，结果被勾践赐死，请他到地下去帮先王。结局反差之大，故事性之强，无逾此二人者矣。

　　此二人都是心想事成高明得很的人，结局不同只因知不知"进退"。当然，如果更高明一点，一开头就不进，不去与"鹰视狼步"的君主共患难，早些下海早发财，岂不更妙。

阿房即阿亡

与李斯书

冯去疾

　　山东群盗大起，而上方治阿房宫。阿房者，阿亡也！君前以不直谏阿上意，谓爵禄可以永终。然今上数诮让君，君其危哉！

◎本文录自王符曾《古文小品咀华》。◎冯去疾，秦人，余未详。◎李斯，战国楚国上蔡（今属河南）人，入秦为丞相，后死于赵高手中。

被我国征服的原六国地区，到处都造反了，皇上还在大建阿房宫。这阿房啊，恐怕要成为"阿亡"了。

您过去一直不向始皇帝讲真话，无非是为了迎合他的意旨，以为这样才能永保富贵。可是，如今的二世皇帝已经好几次斥责您了，您也该想到自己的危险了吧！

范蠡说"狡兔已尽，良犬就烹"。文种是良犬讲良心，才死于丧良心主子之手。李斯则本是条没良心的恶犬，焚书坑儒等万恶之事都是他助成的，后来又伙同赵高害死扶苏、蒙恬，奉承秦二世大修阿房宫，残民以逞，结果被腰斩，死亦不足蔽其恶。

焚书坑儒，是想叫天下人都不敢说话；殊不知焚书坑儒以后，还有冯去疾这样的人。正史未载冯去疾其人其事，有可能出于虚构，但人们虚构出来的也就是人们希望有的，更何况"坑灰未冷山东乱，刘项原来不读书"啊！

"阿房者，阿亡也。"统治者将大兴土木作为粉饰门面维持统治的手段，而浪费民力国力的结果反而是统治更快地垮台，阿房即阿亡，一点不错。

秦皇和李斯倒行逆施自食恶果，报应来得也快。"阿房阿亡"的警告对他们并没有起作用，也起不了作用，但对天下后世竭天下之力想扬国威、行霸道的小秦皇、小李斯，仍不失为一服清凉散。

积极与消极

与挚伯陵书

司马迁

迁闻君子所贵乎道者三：太上立德，其次立功，其次立言。伏惟伯陵，材能绝人，高尚其志，以善厥身，冰清玉洁，不以细行荷累其名。固已贵矣，然未尽太上之所繇也，愿先生少致意焉。

◎本文录自《全汉文》卷二十六。◎司马迁，字子长，西汉夏阳（今陕西韩城）人。◎挚伯陵，即挚峻，西汉长安（今西安）人。◎繇，同"由"。

我认为，人的成就主要表现在三个方面：最重要的是道德，其次是事功，再次是立言。

　　伯陵先生您的个人修养和操行的确十分高尚，连生活小节都无瑕可指，这当然可贵。但道德不该只限于一身，它可以并且应当通过著作和事功表现出来，这一点希望能更加注意。最好能在上述三个方面都做出成绩，您就可以达到更高的境界了。

挚峻和司马迁是从少时起就交好的朋友，两人对现实的态度却并不相同。

　　司马迁抱着入世的态度，修身立德以周公孔子为法，著述立言争文采表于后世，治事立功日夜思竭其才力，乃至给挚峻写信，为李陵游说，亦莫非想积极地帮助朋友，以为这样就可以"自我实现"。而事乃有大谬不然者，积极的结果是"佴之蚕室"，成为宦官。

　　挚峻却抱着出世的态度，他回答司马迁道：

　　能者见利，不肖者自屏，亦其时也。《周易》："大君有命，小人勿用。"徒欲偃仰从容，以游余齿耳。

　　自居于"不肖""小人"，将立德立言立功的事业让给"能者"和"大君"去做，于是终身不仕，老死山林，至少保全了身体。

绝
交

与刘伯宗绝交书

朱穆

　　昔我为丰令，足下不遭母忧乎，亲解缞绖，来入丰寺。及我为侍书御史，足下亲来入台。足下今为二千石，我下为郎，乃反因计吏以谒相与。足下岂丞尉之徒，我岂足下部民，欲以此谒为荣宠乎？咄！刘伯宗，于仁义之道，何其薄哉！

◎本文录自《全后汉文》卷二十八。◎朱穆，字公叔，东汉宛（今河南南阳）人。
◎刘伯宗，未详。

还记得吗？我到丰县做县令时，你母亲刚去世，你便脱下孝服，前来见我。后来我当了侍书御史，你又忙不迭地跑到御史衙门来。

如今你的官做大了，便派办事员来召见我这个降了职的郎官。难道你真以为自己就要当丞相、廷尉，我真成了你的下属，会以你的传见为荣吗？

刘伯宗呀刘伯宗，你对待老熟人，是不是太无情无义了啊？

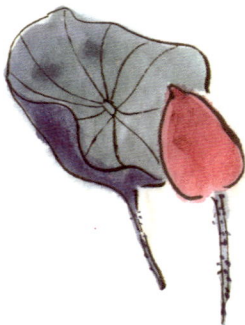

朱穆二十来岁便当了县级官，因被举高第，桓帝时又当上了侍御史。数年后又升任冀州刺史，秩二千石，是位次九卿的高官了。可是因为查办宦官葬父逾制开棺陈尸（不开棺陈尸又怎能查明逾制的程度），被征诣廷尉问话，结果降作"左校"。这是管理制造工徒的"将作大匠"属下的小官，秩六百石（县令秩六百石至一千石），被一撸到底了。给刘伯宗的绝交信，大约便是这时写的。

刘伯宗的表现，现在来看亦属寻常。也可能他自己为"部民"时，去谒县令、见御史，态度太谦卑，太巴结了；如今成了秩二千石的高官，传见郎官也是按规矩行事，自然而然摆起了上级的架子，却忘记此郎官原是自己卑躬屈膝巴结过的人。

难为兄

与王昕王晖书

邢臧

　　贤弟弥郎，意识深远，旷达不羁。简于造次，言必诣理。吟咏情性，往往丽绝当世。恐足下方难为兄，不暇虑其不进也。

◎本文录自《全后魏文》卷四十三。◎邢臧，字子良，北朝郑（今河北任丘）人。◎王昕、王晖，北朝剧（今山东寿光）人。

你家这位"小和尚"弟弟，其实是颇有思想的。人很潇洒，却少有轻率随便的时候。发言能说透道理，诗文也称得上一流。讲句玩笑话，只怕二位还难得做他的老兄，对于他的"进步"，你们就不必过于操心了。

东汉时，陈寔的儿子元方、季方都很有名，孙辈争论他俩谁更有名，陈寔裁判道：

元方难为兄，季方难为弟。

从此"难兄难弟"便作为成语流传下来了。

王昕、王晖是"扪虱谈兵"的王猛的后人，兄弟九人，俱有才学，世称"王氏九龙"。信中说的"弥郎"即王晞，小名沙弥，意思就是小和尚。王昕、王晖是王晞的哥哥，关心弟弟的进步，多次从洛阳寄信给和王晞在一起的邢臧，传达教训之意。

哥哥关心弟弟当然是很好的事情，但也得先了解弟弟的实际程度，做到有的放矢。如果弟弟已经"丽绝当世"，水平早就超过了哥哥，那就不必以居高临下的态度出之，还是平等相待为好。

这道理也适用于一切传道授业解惑的人，尤其是自以为有这种责任的人。如果硬要以为只有自己高明，随时随地都要来宣传、教育，种种麻烦很可能便由此而起。

请宽心

勉林学士希逸

文天祥

　　某夙有幸，获与介弟为寅恭。因之有以询居处著作之万一，不戚戚得丧。而言语文章，足以诏今传后，竹溪先生何憾哉！一日之赫赫者多矣，千载而赫赫者几人？为一日计者，无千载也，决矣！

◎本文录自叶楚伧《历代名人短笺》。◎文天祥，号文山，南宋庐陵（今江西吉安）人。
◎希逸，指林希逸，号竹溪，南宋福清（今属福建）人。

有幸和令弟同事，因而得知您心境开朗，著作宏富，丝毫没有为小小得失牵累，一心以自己的文章启迪今人传之后世，竹溪先生您真可以说是事业有成，自我实现了。

　　小人得志暂时风光的人多着呢，真正能够以学问文章留名今后的又能有几人？那些只图眼前风光的人，他们是不会有今后的，一定的。

只知道林希逸工诗文，善书画，学问也好，研究《易》《礼》《春秋》和老庄、列子，都有著作刊行；却不知道他因何"戚戚得丧"，大约总是在朝为官犯错误受了处分吧。

　　文天祥和林希逸的弟弟"为寅恭"，便是同僚好友，还有"年谊"（同科考试及第）。他关心同僚的兄长，体贴入微，令人感动。我从小学三年级起就知道文天祥是英雄，是为国捐躯的烈士，"孔曰成仁，孟曰取义"直到如今还背得出来，却不太知道他也是一个充满了人情味的人。

交
好
人

与吴介兹

段一洁

野梨酸涩类枳，断桃根接之，稍可啖；再接之，三接之，甘脆远过哀梨，可见人不可不相与好人也。

◎本文录自叶楚伧《历代名人短笺》。◎段一洁，未详。◎吴介兹，未详。

野梨子又酸又涩，简直跟枳实一样，不能入口。将它的枝段和优良果树嫁接以后，结出来的梨就勉强可以吃得了。再嫁接几次，口味居然赛过了又甜又脆的哀家梨。

由此可见，人之相交，一定要交品质好、学问好的好人。

以果木嫁接作譬喻，说明应该"相与好人"，算得上会写信的高手了。但也有人质疑，说"相与好人"便可以转化人的气质，事实上恐怕没有这样简单。

第一是好人不是那么现成好找的。"行要好伴，住要好邻"，这话谁都会同意，却只能是一厢情愿。俄罗斯不是有句谚语说"人们可以选择老婆，却无法选择自己的邻居"吗？

第二是"嫁接"的办法也容易发生偏向。且不说桃根是不是最好的嫁接材料，即使都嫁接成功，清一色地"改造"成了"哀梨"，世界上的梨子全是一种口味，岂不又会使人觉得过于单调了吗？到那时，酸涩的野梨只怕倒成了如今的"土鸡蛋"，想吃也难得吃到了。

孔夫子赞成交"益友"，段一洁说"不可不相与好人"，出发点并不错。但"益"的标准是于我有益，"相与好人"的目的是为了自己好，则过于从功利考虑了。人生在世，恐怕不能事事全为功利，还应该有自己的理想和自己的兴趣追求。

敬恕二字

与鲍春霆

曾国藩

足下数年以来，水陆数百战，开府作镇。国家酬奖之典，亦可谓至优极渥，指日荣晋提军，勋位并隆。务宜敬以持躬，恕以待人。敬则小心翼翼，事无巨细，皆不敢忽；恕则凡事留余地以处人，功不独居，过不推诿。常常记此二字，则长履大任，福祚无量矣！

◎本文录自《曾文正公全集》。◎曾国藩，号涤生，清湖南湘乡白杨坪（今属双峰）人。◎鲍春霆，名超，清四川奉节（今属重庆）人。

吾兄连年作战有功，已经当上总兵官，独当一面。国家论功行赏，给的待遇很是优厚。很快又要升任提督军门，位置更高，荣名更大，责任也更大了。

我愿奉赠吾兄两个字：律己要"敬"，做大事小事都要小心谨慎，不敢疏忽；待人要"恕"，功不全归自己，过不推诿别人，事事都要留有余地。能时时记住这两个字，自会胜任愉快，永远成功，谨此祝贺。

以上几封信，都是文人写给文人的，文人规劝文人的。写信的如范蠡曾是越国上将军，接信的如李斯正做秦朝丞相，但他们本质上仍然是文人。只有这封信，写信的曾国藩时为总督，节制江南四省军政，也仍是文人行事；接信的鲍超却是一介武夫，接到信得请营中的"老夫子"念给他听，给他讲解。

　　鲍超虽然不识字，却是曾国藩手下一员得力的战将。此时他已"开府作镇"，当上镇台（相当师级），马上就要升提督军门（军级）了。曾国藩要使用他，就得教育他，使他少犯错，不坍台。都说曾氏能用人，会用人，这封信便是范例之一。"乱世英雄起四方"，出身草莽，因为不怕死，打仗打成了大官的，历朝历代都有。不听教训，结果身败名裂的，曾手下有李世忠、陈国瑞，后来也不乏其人。

家人的短信

实至名归

与弟超书

班固

得伯章书，稿势殊工。知识读之，莫不叹息，实亦艺由己立，名自人成。

◎本文录自《全后汉文》卷二十五。◎班固，字孟坚，东汉安陵（今陕西咸阳东北）人。◎弟超，班固之弟班超，字仲升。◎伯章，姓徐名幹，后汉平陵（今咸阳西北）人，班超的同事。

见到徐伯章的来信，那草字真是写得妙极了。懂得书法的人看了，无不极口称赞。

　　可见才艺只能靠努力养成，有了才艺自然会得到赏识，名声一定会起来，实至则名归啊。

班固、班超兄弟和他们的姊妹班昭，真可谓一门三杰，历史上很少见。除了受父亲班彪的影响，同胞间互相砥砺也应该是他们学问事业有成的重要原因。

　　徐伯章是班超的朋友，后来又是班超立功西域的重要助手。班固见徐伯章的草字写得好，众人"莫不叹息"，立即抓住这件事情给弟弟班超写信，给他讲"艺由己立，名自人成"的道理，进行教育和鼓励。这在平常朋友通信中是不大常见的。

　　班超大约也曾用功练习过书法，后来却决心建功万里外，投笔从戎了。班固自己亦不以书法成名，这里谈的只是个人成功得靠自己努力的普遍真理，伯章书"稿势殊工"，不过是写信的一个由头。

　　"艺由己立"，关键在己，自己不能练出真本事，是立不起来的。"名自人成"，关键好像在别人，别人不认可，不赞赏，确实也成不了名；但仔细一想，关键仍在自己，如果自己不能凭本事立起来，别人又怎么会认可，会赞赏呢？

注重人格

诚子书

司马徽

　　闻汝充役，室如悬磬，何以自辨？论德则吾薄，说居则吾贫。勿以薄而志不壮，贫而行不高也！

◎本文录自《全后汉文》卷八十六。◎司马徽，字德操，东汉阳翟（今河南禹州）人。

听说你要外出当差，家中四壁空空，如何筹措一切？

论名望我家最低，论家境我家最穷。但不能因为地位低就抬不起头，不能因为家里穷就不自尊自重，人格是最要紧的。

司马徽在《三国演义》第三十七回中以高士面貌出现过，那是小说家言。他确实有品德，时人称之为"水镜先生"，可见其行事相当透明，见解比较透彻。儿子走向社会，司马徽交代他的不是如何处世应酬，争取机会，而是只怕他"志不壮""行不高"，不能够自尊自重，丧失品格。

　　俗话说："人穷志短，马瘦毛长。"司马徽教子，却教他越穷越要有志气。这和《颜氏家训》所云，齐朝一士大夫教子鲜卑语及弹琵琶，"以此伏事公卿，无不宠爱"，正是极端相反的两种态度。

　　读书人从来便可以分成两类。一类的生活目标是"伏事公卿"，只要能升官发财，无论干什么都可以。一类的生活目标却是要养成并保持高尚的品格，即使"室如悬磬"，也不能"摧眉折腰事权贵，使我不得开心颜"。水镜先生当然属于后一类。

　　此处以"人格"为题，古时当然无此词语，但教子"勿以薄而志不壮，贫而行不高"，亦可以"注重人格"形容之，至少我是这样看的。卢梭首倡"天赋人权"，人权既属天赋，则人人生而有之，并不是卢梭喊出来的。人格也应该是人人生而有之，往来古今一样的吧。

将人当作人

遣力给子书

陶潜

汝旦夕之费，自给为难。今遣此力，助汝薪水之劳。此亦人子也，可善遇之。

本文录自叶楚伧《历代名人短笺》。陶潜，又名渊明，字元亮，东晋浔阳（今江西九江）人。

你们年纪尚小，早晚生活安排，定有不少困难。现派去一名劳役，帮助你们做点打柴挑水之类的事情。他虽系奴仆，同样是人生父母养的，对待他务必要和善一些。

陶渊明《责子诗》中嗟叹过，自己"白发被两鬓"了，"虽有五男儿"，长子"阿舒已二八"还只有十六岁，最幼的"通子垂九龄，但觅梨与栗"，更不懂事。所以他去彭泽当县令，便派一名"力"（干力气活的奴仆）回家来助"薪水之劳"，照顾自己的儿子，这是出于父子之情。但在顾惜自己儿子的同时，他还能顾惜到这名"力"也是人家的儿子，说出"此亦人子也，可善遇之"这句话来，可谓充满了博爱的精神，"幼吾幼以及人之幼"了。就凭这一句话，陶渊明便当之无愧可称为人道主义者。

"此亦人子也"，就是将人当作人；但是还有一种与此相反的态度，则是不将人当作人。秦始皇之对儒生，希特勒之对犹太人，也是不将人当作人。

在人类历史上，如陶公这样的智者哲人，他们的仁爱之心、人道主义的思想，永远是最灿烂的明星，指示着进化和提升的方向。屠戮、虐杀、迫害人之子的独裁者和暴君，则一个个都已经或必然会被钉在耻辱柱上，永远被人唾骂。

人与文

诫当阳公大心书

萧　纲

　　汝年时尚幼，所阙者学。可久可大，其唯学欤？所以孔丘言："吾尝终日不食，终夜不寝，以思，无益，不如学也！"若使墙面而立，沐猴而冠，吾所不取。立身之道，与文章异，立身先须谨重，文章且须放荡。

◎本文录自《全梁文》卷十一。◎萧纲，南朝梁简文帝，字世缵。◎当阳公，名大心，字仁恕，萧纲之子。◎阙，同"缺"。

你年纪还轻，最要紧的是学习。事业要做大，成就要久长，也先要好好学习。孔夫子说："思考问题思考到不吃不睡的程度，思考来思考去还是空对空，总不如埋头学习，才能实实在在得益。"

不学习犹如脸贴着墙，会一无所知；外表再好看也是猴子穿新衣，成不了人。

学习首先要学会做人，同时也要学会做文章。做人要讲规矩，要稳重，要认真；做文章却要放得开，可以自由潇洒一点。

宋徽宗、李后主和这位梁简文帝，都是天生的文化人坯子。他们如果不生在帝王家，便不会亡国，被俘，被害，便可以多写好多年诗词，多画好多年的画，这对于诗、对于画、对于他们自己，实在都是最大最大的好事。

简文帝七岁能诗，是南朝宫体诗的主要作者，写过不少清丽可诵的好诗，如《金闺思》二首：

游子久不返，妾身当何依。日移孤影动，羞睹燕双飞。（其一）

自君之别矣，不复染膏脂。南风送归雁，聊以寄相思。（其二）

他以"立身先须谨重，文章且须放荡"教子，我以为也不错。如果错了，那岂不是"文章先须谨重，立身必须放荡"吗？何况他的诗文也并不怎么放荡。

与绪汝书

颜真卿

　　政可守，不可不守。吾去岁中，言事得罪，又不能逆道苟时，为千古罪人也。虽贬居远方，终身不耻，绪、汝等当须会吾之志，不可不守也！

◎本文录自《全唐文》卷三百三十七。◎颜真卿，见第11页注释。◎绪、汝，很可能是颜氏二子颛、硕的小名。

每个人都应该尽自己的责任，不应该放弃自己的责任。去年我受处分，就是因为坚持原则，不肯随风使舵跟着去当历史的罪人。虽被贬谪外地，但我并不以为耻辱。绪儿和汝儿你们也应该理解我，要知道人是不应该放弃责任的啊！

颜真卿多次以"言事得罪"，第一次在四十一岁为御史时，反对宰相吉温以私怨构陷属官，被派去洛阳做采访判官；第二次在四十四岁任武（兵）部员外郎时，不附和宰相杨国忠，被外放平原太守；第三次是四十九岁以功除宪（刑）部尚书才八个月，又以"于军国之事知无不言"为宰相忌，出为冯翊太守；第四次在五十二岁内调刑部侍郎后，唐肃宗将玄宗迁入西宫，他"首率百官"去问候玄宗，被贬为蓬州长史；第五次在五十八岁复任刑部尚书后，上疏切谏不得阻遏百官论政，接着又言太庙祭器不修，宰相元载遂以"诽谤"之罪，贬他作硖州别驾，旋移贬吉州别驾。这封信就是他在吉州时写的。

　　这次被贬，颜真卿在外州外郡待了十一年，直到六十九岁时，忌恨他的元载垮了台，才回朝复任刑部尚书，又以直言为宰相卢杞所憎，终于被卢借刀杀人，在七十五岁时因奉派劝谕叛军，送掉了老命，实践了"不可不守"的宣言。

缓
缓
归

与夫人书

钱 镠

陌上花开，可缓缓归矣。

◉ 本文录自叶楚伧《历代名人短笺》。◉ 钱镠，五代时吴越国王，临安（今杭州）人。

路畔田头，野花已经开遍，你也可以慢慢收拾回家来了吧！

"乱世英雄出四方，有枪就是草头王。"写这封信的钱镠，就是这样一位乱世英雄。他原是个私盐贩子，恰逢残唐乱世，便拿起刀枪，凭自己本事，居然成了称霸一方的吴越国王。这封信是他写给回娘家的夫人，催她回来的，却写得旖旎有致，充满了温情，全不像赳赳武夫的手笔。看得出钱大王很爱夫人，希望她快点归来。信只有两句，第一句"陌上花开"，点明此际春光大好，提醒夫人不要辜负大好芳时。明明心情迫切，第二句"可缓缓归矣"却欲擒故纵，含蓄委婉，完全以商量的口气，显出了一片好男人的温柔。

在家庭和夫妻生活中，女人所希冀的，莫过于男人能注意并尊重她们的身心，"以所爱妇女的悦乐为悦乐而不耽于她们的供奉"（西蒙斯论卡萨诺瓦语）。而在古代东方，女人普遍只是工具和器物，实在太不可能有这样的享受，似此者可谓难得。

后来苏东坡以《陌上花》为题作诗，有句云：

遗民几度垂垂老，游女长歌缓缓归。

钱大王这封信已经化为歌诗，传播开来，流传后世，这就是比唐昭宗赐给他的丹书铁券更可贵的奖赏了。

惟君自爱

与夫子

周　庚

　　城不如郊，郊不如山，徙之西林诚善也。山静日长，惟君自爱。

◎本文录自周亮工《尺牍新钞》卷十。◎周庚，字明瑛，明末清初莆田（今属福建）人。
◎夫子，此指周庚之夫陈承纩（号挟公）。

住城内不如住郊区，住郊区又不如住山中。你愿意搬到西林寺中小住，当然很好。但山居不免寂寞，务请善自珍摄，多多保重。

周亮工《尺牍新钞》全书作者二百三十七人中，女子只占二人，又只有周庚（明瑛）一人给丈夫写了信。

　　从此信可以看出，这是一对互相体贴的夫妻，又是两个彼此理解，能够平等地进行文字交流的朋友。在中国古代历史上，此最难得。

　　古时妻子与丈夫以文字交流，最早的当然是徐淑，可惜知名度不高。卓文君和司马相如开头浪漫，最后却只留下一首悲悲切切求男人"白头不相离"的哀歌。王献之《别郗氏妻》动了真情，郗氏却不见答复，也不知她能不能文。李清照和赵明诚，如《金石录后序》所叙，实可谓空前佳偶，他们夫妇之间除了诗词，也一定会有书信往来，却未能传之后世。周庚这封信，真要算是吉光片羽。

　　我想，女人若无特别原因，总是不会乐意"夫子"住到别处的。周庚与陈承纩既是夫妻，又是文友，才会有所不同，但"惟君自爱"四字轻轻落墨，意思却也深长。

怎样习字

字谕纪鸿

曾国藩

　　凡作字，总要写得秀。学颜、柳，学其秀而能雄；学赵、董，恐秀而失之弱耳！尔并非下等姿质，特从前无善讲善诱之师，近来又颇有好高好速之弊；若求长进，须勿忘而兼以勿助，乃不致走入荆棘耳！

◎本文录自《曾文正公全集》。◎曾国藩，见第 215 页注释。◎纪鸿，曾国藩之次子。

怎样习字呢？首先总要力求写得好看。学颜真卿、柳公权，如果学得好，字写出来既好看，又有骨力；学赵孟頫、董其昌，字写出来看是好看，就怕气魄不够，失之于纤弱。

你的天分并不低，问题是从前初学之时，没有得到善于讲解指导的老师；近来稍有进步，自己又好高骛远，急于求成。如今想要提高，既不可脱离原有的基础，又不可见异思迁，随意模仿，才不会走弯路。

此信写于同治五年二月十八日，此时曾国藩以钦差大臣、两江总督的身份，主持直隶、山东、河南三省的"剿捻"，正在山东。以位高任重、百事纷集之身，尚能对儿子应该怎样习字进行教导，实在难得。

　　曾国藩是教子成功的典型。他教子成功，一是时时不忘教，二是事事会得教。比如此信教导怎样习字，便讲得十分切实中肯，完全出于自己的切身体会。在这件事上，还有一个最好的例子，便是咸丰九年八月十二日谈"作字换笔之法"一信，对横、直、捺、撇四种笔画都作了图解，"凡换笔（处）皆以小圈识之"。

　　这封信在所有曾集包括全集中都完全印错了，读者将其和拙编《曾国藩往来家书全编》上卷第 160—163 页对照一看，便可明白。

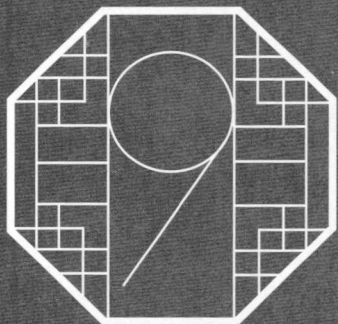

图书在版编目（CIP）数据

给孩子读短信：古人的尺牍/锺叔河著. 一 北京：现代出版社, 2020.9
ISBN 978-7-5143-8532-8

Ⅰ. ①给… Ⅱ. ①锺… Ⅲ. ①书信–文学欣赏–中国–
古代 – 儿童读物 Ⅳ. ①I207.62–49

中国版本图书馆CIP数据核字(2020)第131506号

给孩子读短信：古人的尺牍

作　　者：锺叔河
内文插画：周游盛唐
装帧设计：李　一
古文朗诵：小　靓
责任编辑：曾雪梅
出版发行：现代出版社
地　　址：北京市安定门外安华里504号
邮政编码：100011
电　　话：010-64267325　64245264（兼传真）
网　　址：www.1980xd.com
电子邮箱：xiandai@cnpitc.com.cn
印　　刷：北京瑞禾彩色印刷有限公司

开　　本：710mm×1000mm　1/16　印　张：18.5　字　数：130千字
版　　次：2020年9月第1版　　印　次：2021年3月第3次印刷
书　　号：ISBN 978-7-5143-8532-8
定　　价：88.00元

金圣叹的文章，向来别具一格，绝不一般。他因"哭庙之狱"，和其他十七个秀才一同被斩，做了专制政权屠刀下的惨死鬼。《字付大儿》是他最后的遗墨，也写得别具一格，绝不一般。这和他的绝命诗：

　　鼙鼓三声响，西山日正斜。黄泉无客店，今夜宿谁家。

　　还有他临刑时说的一句话：

　　断头至痛也，籍没至惨也，而圣叹以无意得之，大奇。

　　风格都是一致的。据当时人记录，金氏说了这句话后，"于是一笑受刑"，可见他是嬉笑赴死的。这种嬉笑实在是对于专制威权的一种蔑视，因为是嬉笑而非怒骂，故得以流传开来，也就等于公开宣告，"民不畏死，奈何以死惧之"，比得上嵇康的一曲《广陵散》。

　　有人指责金圣叹的嬉笑，以为这是"在鼻梁上涂白粉装小丑"，"将屠夫的凶残化为一笑"。这就不仅对金圣叹不公平，而且和刑场上的看客嫌死刑犯没大喊"二十年后又是一条好汉"觉得不过瘾一样，实在太没人性了。

临终的短信

不要造大墓

遗令诫子

郝昭

吾为将，知将不可为也。吾数发冢，取其木以为攻战具；又知厚葬无益于死者也。汝必敛以时服，且人生有处所耳，死复何在耶！今去本墓远，东西南北，在汝而已。

◎本文录自《全三国文》卷三十六。 ◎郝昭，字伯道，三国时魏太原人。

我一生带兵作战，知道带兵作战是不会有好结果的。在战争中，我不止一次派人挖过大墓，因为大墓中用的木料多，可以取出来制作攻城或守城的器材，所以又知道，修造大墓大棺大椁，对死者是不会有好处的。我死之后，你们收敛做坟，千万不要多花人力物力，只用平时穿的衣服葬我就行。

　　人生到处为家，便到处可死可葬。如今离开先人坟墓已远，死在哪里便埋在哪里吧，什么地形、朝向都不必讲究，由你们决定便是了。

郝昭在曹家父子手下当将军，以战功封侯。长沙马王堆汉墓埋葬的也是一位侯爵，那木椁现陈列在湖南博物馆，足足占了一间大厅，如果当时挖出来"以为攻战具"，确实能顶用。

郝昭之不可及处在于：他为将而"知将不可为"，他挖过别人的祖坟便知道自己的坟迟早也会被别人挖，要预为之计。于是他留下这篇遗书，告诫儿子千万别造大墓，说明厚葬只会使挖坟的更早动手，这实在是十分明智的。

記恨街亭

临终与诸葛亮

马 谡

　　明公视谡犹子，谡视明公犹父。愿深惟殛鲧兴禹之义，使平生之交，不亏于此。谡虽死，无恨于黄壤也。

本文录自《全三国文》卷六十一。马谡，字幼常，三国时宜城（今属湖北）人。

这些年来，您爱护我就像父辈爱护子侄，我尊重您也像子侄尊重父辈，现在一切都不必说了。

从前鲧被处死，他的儿子禹仍然得到重用。今日我犯法当斩，请求您也能好好看待我的儿子。希望我们之间这些年的情义，不要因为街亭这件事就完了。

只要家人能够得到丞相您的照顾，我虽伏法，在九泉之下，也就不会记恨了。

"马氏五常，白眉最良。"马谡（幼常）和他的哥哥马良（季常），都是从襄阳跟着刘备、诸葛亮打天下的，是蜀汉地地道道的老干部。结果"白眉"的季常死于对吴作战，小弟幼常又以"失街亭"被诸葛亮挥泪斩掉了。

　　说是说"犹子犹父"，但若是真父子，还会斩吗？即使真的大义灭亲要斩，还用得着做这样的临终请托吗？

　　用马谡守街亭，是诸葛亮的责任。失街亭斩马谡，诸葛亮不能不负疚于心。在戏台上，他不是对马谡做了承诺吗？那么这封遗书，是收到效果的了，诸葛亮终究还是诸葛亮。

　　马谡引"殛鲧兴禹之义"，却似乎不很恰当。即使他自己的重要性比得上鲧，难道他的儿子能够比得上大禹吗？所以马谡也终究是马谡。

生离

别郗氏妻

王献之

虽奉对积年，可以为尽日之欢，常苦不尽触类之畅。方欲与姊极当年之足，以之偕老，岂谓乖别至此。诸怀怅塞实深，当复何由日夕见姊耶！俯仰悲咽，实无已已，唯当绝气耳！

○本文录自《全晋文》卷二十七。○王献之，字子敬，东晋临沂（今属山东）人，王羲之之子。○郗氏妻，名道茂，高平（今山东微山）人。

我们在一起的时候，每天从早到晚都很快乐，苦恼的只是不能在一切方面极尽满足。本以为可以白头偕老，谁知竟被迫永久分离。这一直是我心上无法愈合的伤口，它永远在流着血。

早晚再见上一面已经不可能了。死去时我只能带着这颗流血的心，和永远无法弥补的遗憾。真是没有一点办法，没有一点办法啊！还是早点死了吧！

都说人生最大的悲哀是生离死别，这封信便真真写出了生离死别的悲哀。

献之为王羲之幼子，初婚郗氏。后来简文帝的三女儿新安公主的丈夫死了，选中王献之去"替补"，献之遂被迫与郗氏离婚。

献之只活了四十二岁，他是道家信徒，临死时按道教规矩，家人要为他上章忏悔一生过错，问他要忏悔些什么，他只说了一句：

不觉有余事，惟忆与郗家离婚……

并且给郗氏写了这封诀别的信。

信中"常苦不尽触类之畅"，"类"字据《全晋文》作"颇"，余嘉锡《世说新语笺疏》作"额"；"方欲与姊极当年之迂"，"迂"《名家集》作"足"。

死
別

与径山维琳

苏轼

某岭海万里不死，而归宿田里，遂有不起之忧，岂非命也夫！然死生亦细故尔，无足道者，惟为佛为法为众生自重。

❀本文录自《苏轼文集》卷六十一，作者时在常州，已病重，半月后去世。❀苏轼，见第 161 页注释。❀径山，杭州佛寺。❀维琳，僧人，俗姓沈，好学能诗。苏轼为杭州通判时，请其到径山住持。三十年后，苏轼北归，途至常州发病，维琳得信即来照料，至苏轼去世。

流放在万里外的蛮荒之地那么多年，本该死在那边的，却死不了。好不容易回到自己熟悉的地方，还未定居下来，便得病快要死了，难道不是命该如此吗？

但我知道，个人生死，不过天地间一小事，所以并没有什么需要诉说的。

大师深明佛学，精通佛法，发愿普度众生，永别之时，盼能为此珍重。

说人贪生怕死，好像很难听，其实这不过是一切动物包括人的本能。当然动物也有不怕死的时候，如蜂之卫王，兽之护幼；假如要对自然法则做道德的判断，也可说是无私无畏。不过动物没有人脑子，不会讲成仁取义一类的话。

　　但死终是每个人必然的归宿，再贪生也贪不到永生，再怕死也不可能不死，能够不夭死、不横死、不枉死就不错了。若后代已经长成，本身机体已坏，还要苦苦挣扎，既属徒劳，亦觉无谓。

　　苏轼说是活了六十六岁，其实满六十四还差半年，被贬了那么多年，刚刚回来就要病死，自然不会毫无留恋。但是他明白，人在"命"也就是自然法则面前是"不足道"的，所以也就能平静对待，不失常态。

　　他不能逃过死，却能死得不失风度。

义无反顾

临终遗子书

韩 玉

　　此去冥路，吾心浩然。刚直之气，必不下沉，儿可无虑。世乱时艰，努力自护。幽明虽异，宁不见尔！

◎本文录自叶楚伧《历代名人短笺》。◎韩玉，字温甫，金渔阳（今北京密云）人。

临死之前，我的心中充满了自豪。凭着一身浩然正气，相信我绝不会下地狱，儿子你尽可放心。

生当乱世，时局艰危，你不可自暴自弃。虽然幽明异路，我还是会时时照看着你的。

韩玉是金朝屈死的忠臣。他曾率兵大败西夏，上官忌其功，反诬他通夏人，致其下狱论死。这是他在狱中所写的遗书。

忠臣的绝笔包括遗书传世者相当多，韩玉此篇文句简洁，可称佳作。他是相信死而有知的，故能"此去冥路，吾心浩然"。我们读了这封信，也不禁要想，冥路恐怕还是应该会有的吧，虽然它的名字可以叫作"极乐世界"，或者叫作"乌托邦"，叫作什么。

有了这个地方，像韩玉这样的忠臣烈士，会死得更加义无反顾。不能写信的人喊起"二十年后又是一条好汉"来，嗓音也会更亮。

朝闻夕死

甲申绝笔

朱之冯

吾弟吾儿读书须读经世书，咕哔之学无用也。吕新吾先生《呻吟语》不可不读。我以死报国，此心慊然。朝闻夕死，原无二也，勿以为念。

◎本文录自叶楚伧《历代名人短笺》。◎朱之冯，字乐三，明末大兴（今属北京）人。

弟弟和孩子们读书，一定要读经世致用的书，背诵八股文章是没有用处的。吕坤的《呻吟语》一书，内容切实，尤其不能不读。

我身为大臣，不能救亡拯艰，只能一死报国，虽然抱歉，却无遗恨。"朝闻道，夕死可矣"的古训，总算"一是一、二是二"地照做了，你们不必难过。

明朝先亡于李闯，后才亡于清朝。李闯进京，一路上迎降者多，抵抗者少。武臣坚决抵抗，力战至死的有周遇吉，京剧《宁武关》将他演得有声有色。文臣坚守危城而死国的，则有写这篇遗书的朱之冯。

　　关于"臣死国"，李卓吾讲过一番很精彩的话，大意是说，读圣贤书，是教你如何为国做事，不是如何以死报国。朱公是天启进士，靠"咕哔之学"也就是八股文章做官的，遗言说"咕哔之学无用"，正是他以死换来的教训。

　　朱之冯为崇祯守宣府，闯军大举来攻，他的办法只有"于城楼设太祖位歃血誓死守"，再就是"尽出所有犒士"。但"人心已散，莫为效力"，于是他只能于城破日悬梁自尽了。但他留下的"读书须读经世书"，却是深切明白的道理。临死仍不忘向子弟介绍必读的好书，其从容就义，实在比慷慨赴死更难。

嬉笑赴死

字付大儿

金人瑞

　　字付大儿看：盐菜与黄豆同吃，大有胡桃滋味。此法一传，我无遗憾矣！

　　◎本文录自徐珂《清稗类钞·讥讽类》。◎金人瑞，字圣叹，明末清初吴县（今苏州）人。

大儿记着：菜荪子、盐水豆合在一起，细细咀嚼，居然可以嚼出核桃肉的滋味，这是我独有的经验。只要这一点不失传，要砍头便砍头，我也没什么遗憾了。